결혼은 모르겠고
내 집은 있습니다

결혼은 모르겠고 내 집은 있습니다

지속 가능한 1인용 삶을 위한 인생 레시피

김민정 지음

21세기북스

서른셋, 어느 무더웠던 여름날
드디어 내 집이 생겼다.

남향일 것
고층일 것
20평 이상일 것
그리고 서울과 가까울 것.
내가 찾던 운명의 집이었다.

단 한 번도 수리를 한 적이 없는 오래된 아파트.
14년 세입자의 한이 응축된 혼신의 리모델링으로
모든 공간을 하얗게 만들었다.

이듬해 가을부터는 고양이 두 마리와
'1인2묘 가구'를 이루어 함께 살아가고 있다.

늘 물건으로 둘러싸여 마음 둘 곳 없었던 월셋집 대신
어디를 둘러봐도 마음이 편한 내 집이 생겼다!

인생은 한 번뿐!
욜로, 소확행, 플렉스에 빠져 살던
내가 어떻게 내 집을 마련했을까?

결혼하지 않고 혼자 사는 여성에게
내 집 그리고 일, 가족, 친구는 어떤 의미일까?

-

내 집 마련이 내 친구의 이야기,
그리고 나의 이야기가 되는 그날을 위하여.

지금부터
'1인2묘 가구'의 이야기를 시작합니다.

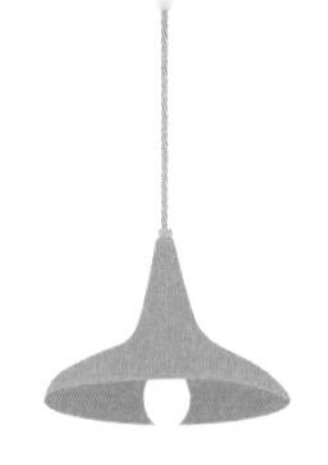

차례

016 Prologue

Part 1
운명의 집을 찾아서

022 내 집 마련은 딴 세상 이야기라
028 당신이 '여성' 세입자라는 이유만으로
036 야 너두 할 수 있어
044 피, 땀, 월급
050 운명의 집을 찾아서
058 비정규직 비혼 여성도 사람이외다
065 14년 세입자의 한풀이 리모델링

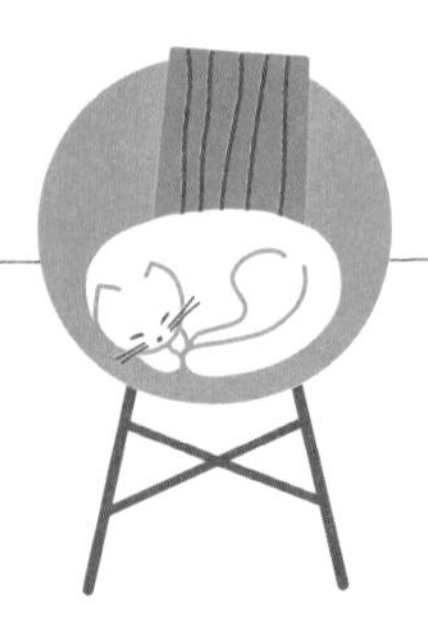

034 남의 집 연대기
042 내 집 마련 로드맵 만들기
055 구해줘 야매 홈즈
070 사소한 것도 내가 원하는 대로

Part 2

집의 기쁨과 슬픔

080 집만 있으면 다 될 줄 알았지

085 내일부터 안 나가겠습니다

089 나의 집, 나의 시간

096 월세도 안 내는 옷에게 방을 내주다니

104 하마터면 훈녀처럼 살 뻔했다

110 본캐는 방송작가, 부캐는 유튜버

116 비혼이 뭐냐고 물으신다면

094 지속 가능한 일상을 위한 루틴들

101 미니멀 옷장을 유지하는 방법

120 1인2묘 가구의 세계

Part 3
나를 닮은 집

128 호캉스가 필요 없는 삶

134 내가 먹을 거니까 고기 많이

142 이케아가 어때서

148 온 세상이 화장실이었을 너에게

154 게으른 집사의 최후

160 내 집값만 안 오르네

166 가계부 안 쓰는 신박한 절약법

174 나는 아플 때 서재로 간다

180 욕조의 위로

140 작은 주방은 언제나 심플하게

146 1인2묘 가구 주방용품 베스트

172 나만의 소비 원칙들

184 최소한의 것으로 최대한의 만족을

Part 4
가족을 찾아서

188 나 오늘 한마디도 안 했네?
193 판타스틱 페미니스트 월드
200 잼 뚜껑 하나에 남자를 떠올리다니
206 동네 친구 디오니소스
212 4인용 테이블을 들이다
219 혼자 사는데 아프면 어떡하지
224 엄마의 장례식
232 고독사라는 헤드라인은 사양한다
237 비혼에게도 가족계획이 필요하다

244 Epilogue
248 1인2묘 가구 도서 베스트

Prologue

모두가 집 이야기를 하고 있다. 집을 산 사람은 앉은 자리에서 몇억을 벌었다고 하고, 전월세를 구한 사람은 땅을 치고 후회했다고 한다. 새로운 전염병으로 집에 갇히게 된 사람들은, 집 꾸미기에 몰두하거나 참신한 놀이 찾기에 여념이 없다. 집에 대한 욕망이 그 어느 때보다 들끓는 이때, 나의 작고 오래된 아파트 안에서 '집의 의미'에 대해 다시금 생각해 본다.

'비혼, 비정규직 여성인 내가 정말 집을 살 수 있을까?' 끊임없이 좌절하면서도, 절실한 마음으로 다시 일어나 전력 질주했다. '내 집 마련'이라는 목표를 세운 후 하루에 두 가지 일을 했고 때로는 다섯 가지 일을 하기도 했다. 스트레스로 두통과 수면장애까지 얻었지만, 마침내 1억 원이 조금 넘는 목돈을 모아 수도권의 작고 오래된 아파트를 마련할 수 있었다.

그 뒤로 내 삶은 더 나아졌을까? 안타깝게도 대답은 '아니오'다. 전보다 많은 수입을 가져다주는 일들을 여전히 포기할 수 없었고, 일을 잃을까 봐 전전긍긍하며 견디기 힘든 모멸감을 참아 냈다. 그리고 나와 집을 채우기 위해 무엇인가를 잔뜩 쑤셔 넣고 게워 내기를 반복했다. '내 집'이 생기면 보상처럼 따라올 줄 알았던 '더 나은 삶'은 모든 것을 놓은 후에야 찾아왔다.

느슨한 시간 속에서, 무언가를 이루려 애쓰기보다 내가 원하던 것들이 정말로 내가 원하는 것인지 들여다보았다. 그 답을 찾아 가며 새로운 내가 되어 가는 것을 느꼈고, 지옥 같았던 집도 나와 감응하는 공간이 되었다. '자기만의 방'을 온전히 갖기 위해선 '자기만의 시간'이 필요했던 것이다. 이 단순한 진리를 얻기 위해 큰 진통을 겪었다.

이 집과 함께한 시간도 어느덧 3년이 되어 간다. 내 나이는 30대 중반을 지나고 있고, 사랑 많은 고양이 두 마리와 함께 전에 없던 안정감을 누리며 살아가고 있다. 물론 인생이 언제나 순탄한 것만은 아니며 미래에 대한 고민이 사라진 것도 아니다. 하지만 다시 길을 잃더라도 이 공간에서 또 다른 길을 찾아낼 수 있을 것이란 확신이 든다.

이 책 속에 담긴 이야기는 대부분 집에 관한 이야기이다. 하지만 부동산 관련 실용서도 아니고 내가 이만큼 해냈다는 성공담도 아니다. 다만 집의 안과 밖에서 고립되고 확장하며, 더 나아가 연대를 꿈꾸는 이야기를 담으려 노력했다.

나는 언제나 내 이야기를 하는 것에 인색했다. '내가 뭐라고'라는 생각 때문에. 하지만 이제는 안다. 여성으로서, 비혼으로서 목소리를 낸다는 것이 누군가에게는 큰 힘이 될 수 있다는 것을. 이 책이 비혼의 삶에 관한 작은 이정표로 남았으면 좋겠다.

Part 1

운명의 집을 찾아서

내 집을 갖는다는 건 어려운 일이다.
비혼에 비정규직 여성인 나에게는 더 그랬다.

나는 생각을 바꿔 보기로 했다.
혼자서는 집을 갖기 힘드니 결혼을 고려할 게 아니라
비혼의 삶을 이어 나가기 위해서라도 집이 필요하다고.
가장 불안한 사람이 가장 절실한 법이니까.

그렇게 나는 내 집 마련 레이스의 출발선에 섰다.

내 집 마련은 딴 세상 이야기라

열두 살이 되던 해, 처음으로 내 방이 생겼던 날을 기억한다. 여자아이가 쓴다는 이유로 핑크색 가구로 채워졌던 작은 방. 내 취향과는 한참 거리가 멀었지만 진심으로 그 공간을 사랑했다. 밤새도록 라디오를 들으며 친구에게 편지를 쓰고, 만화 《언플러그드 보이》의 그림체를 따라 그리며 시간을 보냈다. 1세대 아이돌의 노래에 립싱크를 하며 제멋에 취해 춤을 추기도 했다. 내 인생에서 처음으로 경험한 자유였다. 하지만 내 작은 세계는 가족들에게 번번이 침범당했다. 공부해라, 안 자고 뭐 하냐, 야 만화책 좀, 아직도 안 자냐, 엄마 김민정 이상한 춤 춰, 너는 도대체 뭐가 되려고….

"아, 제발 좀 내 방에서 나가라고!"

독기가 올라 씩씩대는 나를 보며 엄마는 '저런 년 대체 누가 데려가냐'며 한숨을 쉬었지만, 그럴수록 나는 혼자서 더 먼 곳으로 떠나고 싶었다. 딱히 되고 싶은 것도 하고 싶은 것도 없었던 고3 시절, 나를 공부하게 만든 동력은 이 집과 이 동네를 벗어나 나만의 공간을 갖고 싶다는 열망, 그것뿐이었다.

가까스로 '인 서울'에 성공하며 서울시 용산구 보광동에서 자취를 시작했다. 언덕 꼭대기의 다세대 주택 1층이었는데, 낮에도 볕이 잘 들지 않았고 여름에는 기묘하게 서늘했으며 독일바퀴와 일본바퀴가 사이좋게 번갈아 가며 출몰했다. 그곳이 영화 〈기생충〉 덕에 전 세계의 주목을 받은 반지하 구조라는 것은 한참 뒤에야 알았다. 그것도 모른 채 덜컥 계약하고 몇 달을 살았다니. 그래도 좋았다. 이제 정말로 내 공간에서 자유를 누리게 됐으니까.

옥상으로 올라가면 맞은편에 눈부시게 반짝이는 하얏트 호텔이 보였다. 나의 자취방과 극명하게 대비되는 압도적인 광경이었다. 거기선 연말마다 요란스러운 불꽃놀이가 벌어졌고, 나는 언제나 TV 연예대상 대신 그 광경을 보는 걸 택했다. 폭죽 소리에 놀라 동네 개들이 짖어대는 난장판 속에서 조용히 속삭였다.

"언젠간 저 동네에 내 집을 마련해야지."

동네 개들도 깜짝 놀랄 개소리였다. 바로 그곳이 삼성, 엘지 등 국내 유수의 재벌 총수들이 담장을 맞대고 살아가는 '부촌'이라는 걸 그땐 몰랐다. 몇 년 후 '어쩐지 담장이 희한하게 높고 고급지더라…'라는 생각을 곱씹을 때 즈음, 나는 더 이상 내 집을 꿈꾸지 않았다.

나에게 내 집 마련이란 딴 세상 이야기였다. 그 부촌처럼 말이다. 별 재주가 없는 방송작가인 나로서는 10년 동안 숨만 쉬고 돈을 모아도 가질 수 없고, 대출받아서 샀다간 평생 빚의 노예로 살아야 하는 그런 거. 그러는 사이 '언젠간 집값이 폭락한다'는 희망 고문은 '서울 집값은 오늘이 제일 싸다'라는 진짜 고문이 되어 나를 괴롭혔다. 서울 집값은 내일 또 오를 텐데 야속한 이 도시는 나에게 한 뼘의 자리도 내주질 않는구나. 망해라, 서울. 망해라, 지구촌. 저주만 한들 무슨 소용이 있겠는가. '내 집 마련'이란 허황된 꿈에 매달려 인생을 갉아먹을 수는 없었다. 집 없이도 잘 살아가려면 남의 집이라도 내 집인 것처럼 잘 돌보고 꾸미며 사는 수밖에.

어디선가 집 분위기를 내는 데 조명만 한 것이 없다는 이야기를 주워듣고, 한 직수입 사이트에서 정가의 3배나 되는 돈을 주고 보름달 같은 이케아 조명을 구입해 보았다. 스위치를 누르자 전구의 은은하고 따뜻한 색감이 작은 방을 가득 채웠다. 밝은 형광등 아래 구질구질함이 그대로 드러났던 자취방이 순식간에 감성 충만한 아지트가 되었고 칙칙한 기분마저 촉촉해지는 게 아닌가. '집 꾸미기'의 효용성을 실감한 순간이었다.

그 후 고향 집에서 가져온 화려한 이불은 호텔 느낌의 새하얀 침구로, 당장이라도 무너질 듯 위태로웠던 왕자 행거는 이케아의 반듯한 옷장으로 바꿨다. 급기야 집주인의 허락을 받은 후 내 돈까지 들여 노란 장판을 원목 느낌의 데코타일로, 무늬 벽지를 하얀 벽지로 바꾸는 일도 마다하지 않았다. 체리색 몰딩을 새하얀 페인트로 칠하고 나서는 근육통으로 사흘을 앓았지만, 점점 내 취향의 공간으로 변해가는 걸 보면 즐겁고 뿌듯했다.

지금은 인스타그램이나 '오늘의 집' 같은 앱에서 입이 떡 벌어지는 자취방 인테리어 사진을 수천 장은 찾을 수 있으나, 그때의 자취생에게 집 꾸미기란 그리 대중적인 취미가 아니었다. 누군가는 나를 유별난 사람 취급하며 '집주인 좋은 일만 한다'고 비아냥댔지만 내 집이 아니란 이유로 대충 해놓고 살고 싶지는 않았다. 이것이 나의 '욜로'이자 '소확행'이었으며 내 집이 없다는 좌절감을 달래는 방법이기도 했다.

그러나 집 꾸미기의 효과는 그리 오래가지 못했다. 10년이 넘는 자취 생활 동안 고시원, 원룸, 오피스텔에 이르기까지 각종 주거 형태를 거치며 온갖 더러운 꼴을 보고 나니 이렇게 사는 것이 버겁게 느껴지기 시작한 것이다. 예쁜 그릇, 포근한 침구, 아늑한 조명, 싱그러운 화초, 블루투스 스피커에서 흘러나오는 잔잔한 음악들. 이런 것들에 둘러싸여 있을 땐 이대로도 괜찮을 것만 같았다.

하지만 보름달 같은 조명을 끄고 침대에 누우면 숨이 턱 막혀 왔다. 내 나이는 서른이 넘었는데 정말 이대로 괜찮을까. 집 없이 얼마나 혼자서 잘 살아갈 수 있을까. 결혼을 해서 함께 돈을 모으면 수도권의 작은 아파트라도 마련할 수 있지 않을까…. 아, 세상은 결혼을 욕망하지 않아도 결혼에 이르도록 만드는 함정을 곳곳에 파두었구나. 까마득하게 이어지는 생각들, 그 까마득함은 언제나 나의 첫 반지하 자취방을 닮아 있었다.

당신이 '여성' 세입자라는 이유만으로

집 없는 자와 집 없는 '여자'가 겪는 설움은 분명 다르다. 14년 동안 숱하게 집을 옮겨 다니며 여성 세입자라는 이유로 겪었던 일련의 사건들은 집 꾸미기만으로는 더 이상 안락하게 살 수 없다는 현실을 일깨워 주었다.

내가 만났던 집주인들 이야기부터 하고 싶다. 이들에게는 한 가지 공통점이 있다. 바로 보증금을 제때 돌려주지 않으려 했다는 것이다. 분명 미리 말해 두었는데도 다른 세입자가 들어와야 줄 수 있다며 버텼다. 발을 동동 구르며 제발 돌려달라고 애원하기도 하고, 아빠까지 나서서 집주인에게 호소하기도 했다. 부동산 직거래로 유명한 '피터팬의 좋은방 구하기'에 직접 사진과 글을 올리며 세입자를 구하기 위해 집주인보다 더 열정을 쏟는 일도 마다하지 않았다. 하지만 이런 일을 연례행사처럼 겪다 보니 전투력도 무섭게 상승했다. 다음부터는 "보증금 반환 청구 소송을 할 것이고, 연체이자와 소송비, 이사비까지 청구하겠다"며 강경하게 대응하자 다들 뭐 이런 년이 다 있냐는 반응을 보였다. "경상도 여자는 다시는 안 받는다"라는 황당한 소리를 내 면전에서 했던 집주인도 있을 정도니.

이웃사촌은 또 어떤가. 부천의 한 빌라에서 살았을 때의 일이다. 옆집 남자가 밤낮없이 무언가를 내리치고 쌍욕을 해대서 나를 공포로 몰아넣었다. 아마 게임을 하는 것 같았다. 섣불리 항의했다간 해코지라도 당할까 봐 말도 못 하고 몇 달을 끙끙 앓았다. 무엇보다 옆집에 내가 살고 있다는 것 자체를 드러내고 싶지 않았다. 하지만 점점 심해지는 욕설과 소음을 더는 참기 힘들었고, 결국 고민 끝에 모자를 푹 눌러쓰고 옆집 벨을 눌렀다.

"옆집입니다."

"무슨 일이신데요?"

신경질적인 대답이 돌아오자마자 최대한 밝은 목소리로 말을 이어 갔다.

"아~ 문은 안 열어 주셔도 됩니다. 가끔 큰 소리가 들려서 무슨 일이 있으신 건가 해서요. 조금만 소리를 줄여 주시면 감사하겠습니다. 여기 사과 한 봉지 놓고 갑니다."

"…아, 예."

폭력적인 남성의 심기를 건드리지 않기 위해 이렇게까지 해야 하나 자괴감이 들었다. 그럼에도 옆집 남자의 욕설은 잦아들 줄 몰랐다. 영화 〈이웃사람〉의 마동석이 되고 싶은 심정이었다. 사이코패스의 집 문을 마구 두들기며 차 빼라고 걸쭉하게 욕을 내뱉는 그가 너무 부러웠다. 어이없게도 옆집 남자는 며칠 뒤에 이사를 갔다. 젠장, 찾아가지 말 걸. 내 사과 돌려줘.

이사를 할 때도 그 설움이 찾아온다. 더 넓은 곳으로 이사하는 기쁜 날에 이삿짐 용달 업체 때문에 하루를 망쳤던 적이 있다. 전화로 예약할 땐 세상 친절하더니 막상 이사 날에는 들으란 듯 수시로 "아이~씨"를 연발했고, 물건도 함부로 다뤄 나를 쩔쩔매게 만들었다. 그것이 처음 견적보다 많은 돈을 받아 내기 위한 밑밥이라는 걸 알아챘을 때는 그저 어이가 없었다. 그냥 이야기해도 받아들였을 텐데 꼭 그렇게 강압적인 분위기를 만들어야 했을까. 젠장, 나는 왜 마동석이 아닐까. 그 후로는 악착같이 친절한 업체를 수소문했는데, 이미 여초 커뮤니티에선 '친절한 용달' 추천 글이 폭발적인 인기를 끌고 있었다. 저마다 불쾌하고 억울했던 경험을 이야기하며.

여성 세입자 월드의 메인 빌런은 주로 주거 환경이 열악한 곳에 출몰한다. 바퀴벌레 이야기가 아니다. '보광동 반지하' 시절, 열어 둔 창문 너머로 정체불명의 남자가 한참이나 집 안을 들여다본 적이 있었다. 심지어 나는 잠을 자느라 그 사실을 까맣게 몰랐고 다음 날 옆집 아주

머니를 통해 밤새 무슨 일이 벌어졌는지 알게 되었다.

"아니 한참이나 들여다보고 있더라고. 내가 베란다에서 전화하는 척하면서 큰 소리를 내도 꿈쩍을 안 해. 아저씨 거기서 뭐 하냐고 물으니 그제야 줄행랑을 치데?"

온몸에서 피가 식는 느낌을 처음으로 경험했다. 두려움인지 분노인지 모를 눈물이 줄줄 흘렀고, 며칠 동안은 24시간 전투태세로 살았다. 암살의 위험 속에 살아가는 심약한 황제마냥 잘 때도 몽둥이를 쥐고 잠들었다. 오기만 해 봐, 죽여 버린다 진짜.

하지만 이 상태로 살다간 스트레스로 내가 먼저 죽을 것 같았다. 결국 그 동네를 떠나기로 했다. 경찰에 신고하지 않은 것이 후회스럽다. '실질적인 피해가 없다는 이유'로 사건 접수나 제대로 해줬을까 싶지만, 그냥 넘어간 것은 또 다른 여성이 위험할 수도 있는 일이니까.

이런 이야기를 하면 그건 '남성도 겪는 일'이라거나 '부부들도 겪는 일'이라 퉁치려는 사람들이 있다. '남성이지만, 기혼자지만 공감이 된다'라는 뜻이 아니라, 그건 여성이라서 겪은 일이 아니라는 거다. 이런 반응도 '여성' 세입자로 살아가기 힘들게 만드는 것들 중 하나다. 우리는 마주해야 할 상대가 있을 때, 상대의 성별을 가장 먼저 파악한다. 그리고 나이를 짐작한다. 그다음엔 몇 명인지를 세어 본다. '젊은 여자 혼자'라는 상황이 절대적으로 불리하다는 것은 깊이 생각하지 않아도 알 수 있다.

혼자 사는 여자야말로 '안전하고 안정적인 주거 공간'이 필요하다는 확신이 들었다. 기분 낸다고 집이나 꾸미고 있을 때가 아니었다. 그런 조급함 속에서 딴 세상 이야기였던 '내 집 마련의 꿈'이 우연히 찾아왔다. 내가 서른둘이 되던 해, 새롭게 알게 된 동갑내기 방송작가와의 술자리로 인해. 아직도 그날 밤을 잊을 수 없다.

남의 집 연대기

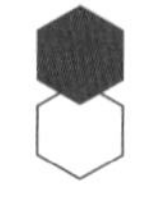

2004~2005 서울시 용산구 보광동 반지하

첫 자취 시작. 독립의 기쁨과 홀로서기의 고단함이 뒤섞인 동네.
옥상에서 바라본 하얏트의 모습과 너무 가파르고 어두웠던 골목길.
지금은 아주 '힙한' 동네로 바뀌었다.

2005~2008 서울시 마포구 서교동 영진아파트

저렴한 투룸을 구하다가 흘러 들어간 동네. 이때는 서교동 월세가
싼 편이었다. 독특한 복도 구조가 아직도 기억에 남는다.
이 동네는 메세나폴리스가 들어서며 전혀 다른 모습으로 변모했다.
서울의 변화는 언제나 놀랍다.

2008~2009 경기도 부천시 상동 빌라

서울살이에 경제적인 부담을 느끼고 경기도 부천시로 이사.
출퇴근 왕복 2시간. 꽃무늬 벽지가 인상적이었다.
아직 인테리어에 대한 자각이 없던 시절.

상동과 중동의 오피스텔(왼쪽 위아래)과 상암동 빌라(오른쪽).

2009~2011 경기도 부천시 상동 오피스텔
치안을 이유로 오피스텔로 이사. 본격적인 인테리어 집착 시작.
화이트 침구와 보름달 조명으로 아늑한 분위기를 내려 애썼다.

2011~2015 경기도 부천시 중동 오피스텔
가장 오래 살았던 곳. 쿨한 주인 덕에 원하는 만큼 꾸미며 살 수 있었다.
집순이로 진화하며 집 안에서 찍은 사진도 가장 많이 남겼던 시절.

2015~2017 서울시 마포구 상암동 빌라
투잡을 위해 서울시로 이사. 집이 좁아 강제로 미니멀리스트가 됐다.
좁은 서울시보다 넓은 경기도를 택하는 것에 큰 영향을 줬던 집.

야 너두 할 수 있어

내 직업은 방송작가다. 그중에서도 희귀하다는 '뉴스' 방송작가로 "뉴스에도 작가가 있나요?"라는 질문을 수시로 듣는다. 그러게 말이다. 사실 나도 그런 직업이 있는 줄 몰랐다. 그리고 내가 뉴스 작가를 하게 될 줄은 꿈에도 몰랐다. 예능 프로그램으로 작가 생활을 시작했다가 지옥을 맛보고 도망친 곳이 뉴스였는데, 어느덧 10년째 이 일을 하는 중이다. 전혀 적성이 아니라고 생각했던 일이 막상 해보면 꽤 잘 맞는 경우가 있다.

그 어떤 충격적인 뉴스에도 무미건조한 표정으로 원고를 쓰며 내 집 마련과는 별 상관없는 나날을 보내고 있을 때, 다른 프로그램에서 일하고 있던 한 방송작가를 알게 되었다. 나이도 동갑에 연차도 비슷해 금세 친구가 됐다. 고된 하루를 보냈던 어느 날, 함께 술자리를 가졌다가 밤이 깊어졌다. 집까지 가려면 꼬박 한 시간이 걸리고, 별로 친하지도 않은데 재워 달라고 하긴 그렇고…. 이런저런 생각을 하고 있을 때, 그 친구가 먼저 자기 집에서 자고 가라며 운을 뗐다. 언니와 함께 살다가 이번에 독립을 했다면서. 그러다 보니 화제가 자연스럽게 집 이야기로 옮겨 갔고, 조심스레 궁금한 것들을 물어보았다.

"혹시 월세야? 아님 전세?"
"아니, 자가."

아니, 잠깐만. 자가? 집을 샀다고? 나랑 동갑인데? 월급도 비슷할 텐데? 혹시 금수저인가? 온갖 물음이 머릿속에서 휘몰아쳤다.

그는 서울 은평구의 투룸 빌라를 1억 원 후반대에 샀고,

약 7천만 원 정도의 은행 대출을 받았다고 했다. 이야기를 듣다 보니 점점 자신감이 생겼다. 이거 나도 해볼 만한데? 무미건조한 내 얼굴에 생기가 돌기 시작했다. 세상에서 가장 흥미로운 뉴스를 접한 것처럼. 나를 더욱 놀라게 한 것은 집을 산 이유였다.

"근데 어떻게 집을 사야겠다고 생각한 거야?"
"그냥."

그냥이라니. 이보다 명쾌한 답이 또 있을까. 내 집 마련은 딴 세상 이야기라 생각하며 좌절감 속에 살았는데 그냥 집을 사는 사람도 있는 것이다. 신축 빌라인 그 친구의 집은 세상 어느 곳보다 아늑해 보였다. 그의 침대에 누워서도 쉽게 잠들지 못했다.

어쩌면 나도 집을 가질 수 있을지 몰라! 날이 밝자마자 집으로 뛰어갔다. 당장 내 집 마련 계획을 세워야 했다!

목표

- 5년 내로 2억 원 초반대의 집 마련하기
- 목돈 1억 원 이상 모으기, 나머지는 대출

현재 자산

- 월세 보증금 2천만 원
- 예금 3천만 원

모아야 할 금액

- 6천만 원 이상

방법

- 월 100만 원씩 적금 납입 → 1년이면 1,200만 원 → 1,200만 원×5년=6천만 원

월 100만 원씩 적금을 넣어 5년 동안 6천만 원을 모으겠다는 목표를 잡았다. 대출은 되도록 1억 원을 넘기지 않기로 했다. 어느 날 갑자기 무직자가 되어도 몇 달은 감

당 가능한 수준(원금과 이자 포함 월 30~50만 원 선)의 대출을 받는 게 정신건강에 이로울 것 같았다.

틈틈이 부동산 공부를 하면서 알게 됐다. 이 세상엔 서울만 있는 것이 아니며, 숨만 쉬고 돈을 모아야 살 수 있는 집만 있는 것도 아니고, 대출은 잘만 활용하면 된다는 것을. (그때의 나는 대출하면 인생이 끝나는 줄 알았다.) 만약 그 친구를 만나지 못했다면, 나는 여전히 세입자로 살고 있을지도 모른다. 그날 이후에야 내 집 마련 레이스의 출발선에 섰고, 최종적으로 결승선을 통과할 수 있었다. 그것도 목표했던 5년보다 훨씬 빨리.

내 집을 마련하는 가장 빠른 방법은 당연히 목돈을 빨리 모으는 것이다. 하지만 무엇보다 '나도 할 수 있다'는 것을 빨리 깨닫는 게 중요하다. 내 집 마련에 성공한 여성이 주변에 있다면 내 집으로 향하는 길이 더욱 빨라질 수 있다. 그렇게 되면 내 집 마련은 더 이상 딴 세상 이야기가 아니기 때문이다. 내 친구의 이야기, 그리고 나의 이야기가 된다. 모 영어 학원 광고 중에 이런 카피가 있다.

"야, 너두 할 수 있어."

내 집 마련 로드맵 만들기

내가 원하는 집의 체크 리스트를 만들고 이미지화를 해두면 목표에 좀 더 빨리 도달할 수 있다. 그리고 무엇보다 즐겁다. '원룸 구할 때 체크 리스트'와는 전혀 다른 로망들을 써 내려갈 수 있기 때문이다.

나의 체크 리스트

아파트 후보들

○○아파트 : 지하철역과 가깝다. 세대수가 적어 관리비는 비싼 편. 주차는 보통.

△△아파트 : 지하철역은 멀지만 단지 내 공원이 있어서 쾌적한 환경. 아파트 간격도 넓은 편.

□□아파트 : 집 앞을 지나가는 버스 노선이 있고, 버스를 통한 시외 접근성도 좋은 편. 비교적 조용조용한 느낌.

원하는 조건들

- 최소 18평 이상. 좁은 집은 이제 지겹다. 인간답게 살고 싶다.
- 채광이 풍부한 남향! 절대 포기할 수 없는 조건.
- 고층에 전망이 좋은 곳. 나도 고층에서 한 번 살아 보자.
- 출퇴근 최대 50분 이내. 서울 접근성도 중요. 서울 인프라 못 잃어.
- 되도록 대단지 고르기. 어디 사는지 특정되기 쉽지 않은 곳이 좋다.
- 도서관, 체육센터 등 생활 인프라를 누릴 수 있는 곳.

틈틈이 해야 할 것들

- 리모델링 시 참고할 사진 모아 두기.
- 앞으로 살고 싶은 동네에 들러 아파트 분위기와 주변 살펴보기.
- 틈날 때마다 부동산, 주거 관련 서적 읽고 정리하기.

피, 땀, 월급

"위대한 업적을 이루기 위해서는 두 가지가 필요하다. 하나는 계획, 다른 하나는 적당히 빠듯한 시간이다."

미국의 한 유명 음악가가 한 말로, 내가 좋아하는 격언이다. 큰일을 위해서는 당연히 오랜 시간을 들여야 한다는 나의 고정관념을 바꿔 주었기 때문이다. 나는 이것을 내 집 마련에 써먹어 보기로 했다. 내가 6천만 원을 모으기로 정한 기간은 5년. 그런데 묵묵히 5년이란 시간을 견딜 수 있을까? 대학교 4년을 다니는 것도 못 견뎌서 6년이나 휴학했던 내가? 재입학시켜 버린다는 학교 측의 경고가 없었다면 10년도 더 휴학할 뻔했던 내가?

'내 집 마련 5개년 계획'도 흐지부지될 것이 뻔했다. 5년이 아니라 10년이 걸릴지도 모른다. 마치 나의 대학 생활처럼. 그럼 그사이에 집값은? 마음이 조급해졌다. 적당히 빠듯한 시간이 오히려 더 효과적일 것이란 결론을 내렸다. 최소 2년 안에 6천만 원을 모아 보자. 당시 나는 오전 뉴스 프로그램을 맡고 있어서 오후엔 여유 시간이 있었다. (이 시간은 주로 부족한 잠을 자는 데 썼다.) 투잡이 적절한 대안 같았다. 하지만 투잡이란 능력 있고 인맥도 좋고 말발까지 좋은 메인 작가들만의 전유물이 아니던가. 그때 내 머릿속에 또 다른 격언 하나가 떠올랐다.

"능력 있는 자가 얻는 게 아니라, 얻고자 하는 자가 얻는다."

우리나라의 한 방송작가가 한 말로, 음… 내가 한 말이다. '내 집 마련은 남의 일'이라 생각했던 예전의 나처럼, 안 된다고 생각하면 아무것도 할 수 없다. 미약한 인맥을 총동원해서 주변 작가들에게 남는 일이 있으면 꼭 알려 달라고 수시로 연락을 했다. 한동안은 적당한 일을 구하지 못해 알바천국을 기웃대기도 했지만, 쉬지 않고 문을 두드린 끝에 시간대와 월급이 적절한 일을 구할 수 있었다. 역시, 얻고자 하는 자가 얻는다.

더욱 효율적인 투잡 생활을 위해 집도 방송국 근처로 옮겼다. 그 원룸은 정말이지 좁고 비쌌다. 현관문을 열면 바로 침대가 있었다. 욕실 바닥이 방바닥보다 높아서 샤워가 끝나면 방까지 물바다가 됐다. 싱크대 아래의 드럼 세탁기는 사용할 때마다 덜덜거리며 앞으로 튀어나왔는데 조만간 내 침대에서 잘 것 같은 기세였다. 그 꼴을 보니 다시 서러워졌다. 집다운 집에서 살기 위해 또 이런 집에 살아야 한다니. 옴짝달싹할 수 없는 그곳에서 유일한 위안은 통장 잔고였다. 이제 막 숫자가 불어나고 있었다.

몇 개월 뒤, 생각지도 못한 곳에서 연락이 왔다. 다시는 여기서 일하지 않겠다며 뛰쳐나왔던 A 방송국에서 토요일 뉴스 제안이 온 것이다. 단칼에 거절하고 싶었지만,

돈이 아쉬우니 칼날도 무뎌졌다. 잠깐만 도와주는 거라며 못 이기는 척 출근했다. 이제 쓰리잡에 주 6일 노동자의 삶이 시작되었다. 토요일 일을 마치고 집에 도착하면 문을 열자마자 침대로 쓰러지듯 누웠다. 튀어나온 세탁기를 밀어 넣을 힘조차 남아 있지 않았다. 이것보다 더 많은 일을 할 수 있을까. 아마 불가능할 거다.

그런데 그 일이 벌어졌다. '최서원 게이트'가 터지면서 탄핵 정국으로 이어지고 19대 대선까지 치르면서 세상은 말 그대로 '뉴스의 세상'이 되었다. 이곳저곳에서 추가 방송을 맡아 달라는 연락이 왔고, 며칠 동안은 최대 다섯 개의 일을 한 적도 있었다. 밤새는 일, 굴욕적인 일, 내 능력 밖의 일…. 가리지 않고 덥석 물었다. 물론 이 모든 과정이 순조로웠던 것은 아니다. 방송작가 일을 하면서 느껴 왔던 환멸감은 그사이 몇십 배로 불어나 나를 짓눌렀다. 조금만 더 버텨 보자, 집만 사면 다 때려치우고 좀 쉬면 되지.

그렇게 하루하루를 버티고 있던 어느 날, B 방송국의 피디가 웬일로 점심을 사주겠다고 했다. 별로 내키진 않았지만, 딱히 거절할 명분도 없어 밖으로 나섰다. 질긴 돈가스를 큼직하게 썰어 한 입씩 꾸역꾸역 삼키고 있을 때, 그가 뜬금없이 이런 말을 했다.

"상암에서 좀 초라해 보이는 여자들 보면 다 방송작가더라, 원래 그런 거예요?"

하하하…. 나의 생살여탈권을 쥔 인간이었기에 그저 웃어넘겼다. 사실은 먹고 있던 돈가스를 모조리 그 입에다 쑤셔 넣어 버리고, 아주 예전에 봤던 일본 드라마의 대사를 쏘아붙이고 싶었지만.

'동정할 거면 돈으로 줘!'

공교롭게도 이 드라마의 제목은 〈집 없는 아이〉다. 돈가스가 체했는지 속이 더부룩했던 그날 밤, 통장 잔고를 확인했다. 목표했던 금액의 숫자가 아주 정갈하게 찍혀 있었다. 헛트름이 잦아들었다. 이 모든 것은 2년 사이에 벌어진 일이다.

운명의 집을 찾아서

서울이냐, 경기도냐. 내 앞에 두 개의 선택지가 놓였다. 경기도에 얼마나 많은 도시가 있는데 서울과 경기도라니, 이 얼마나 서울 중심적인 생각인가. 하지만 부동산 세계에서 서울은 그만큼 절대적인 존재였다. 일단 서울에 있는 아파트를 알아보기로 했다. 네이버 부동산에서 매일같이 매물을 '낮은 가격순'으로 정렬했다. 수많은 상품을 낮은 가격순으로 정렬했던 내가 이제는 부동산까지… '높은 가격순' 정렬은 대체 누가 쓰는 걸까. 내가 앞으로 이걸 쓸 일이 있기나 한 걸까.

대출을 포함한 나의 최대 예산인 2억 원 초반으로 살 수 있는 아파트는 그리 많지 않았다. 다행히 노원구에 10평대 아파트들이 남아 있긴 했지만, 좁은 곳에서 사는 것에 질려 버렸던 터라 선뜻 마음이 가지 않았다. 더 넓은 평수를 살 수 있는 경기도로 갈까. 아냐, 그래도 부동산은 서울이지. 서울에서 어떻게든 '몸테크(재건축이나 재개발을 기대하고 불편한 주거 환경을 몸으로 버티는 것)'를 하면 시세차익을 얻을 수 있지 않을까.

고민 끝에 경기도를 택했다. (그리고 나는 이 선택으로 훗날 고통받게 된다.) 서울 아파트는 미래가치가 있다고들 하지만, 미래보다 지금 당장 1평이라도 더 넓은 곳에서 느긋하게 살고픈 마음이 간절했다. 내가 선택한 동네는 고양시 덕양구 행신동이었다. 거기엔 아직 평당 천만 원 수준의 아파트가 꽤 있었다. 서울과 가까워서 좋고, 한적한 느낌의 동네였다. 고양시라는 이름 덕에 시를 상징하는 캐릭터가 고양이였다. 동네 곳곳에서 그 캐릭터가 등장했다. 재미있는 동네였다. (그리고 나는 고양시에서 고양이 두 마리를 키우게 된다.)

남향일 것, 20평 이상일 것, 고층일 것, 관리비가 저렴할 것. 내가 원하는 아파트의 조건이었다. 이 리스트를 들고 본격적으로 운명의 집을 찾아 나섰다. 타인이 사는 집을 둘러보는 것은 고단한 내 집 마련의 과정 중 유일하게 즐거운 일이었다. 어떤 이들은 우리나라 아파트는 구조가 다 똑같아서 내부를 둘러봐도 별다른 재미가 없다고 하지만, 나는 오히려 같은 구조인데도 이토록 다채롭게 산다는 것이 신기했다. 오래된 현관문을 조심스럽게 열고 들어갈 때마다 모두가 다른 온도와 색채로 그들 삶의 한 페이지를 보여 주는 것 같았다. 20층의 신혼부부는 취향껏 정성 들여 꾸민 인테리어를 자랑스러워했고, 4층의 할머니는 고양이 한 마리 그리고 여러 식물과 함께 조용한 노후를 보내고 있었다.

'운명의 집'은 의외로 빨리 찾아왔다. 바쁜 일정 때문에 유일하게 저녁에 살펴본 다섯 번째 매물이었다. 문을 열어 준 사람은 집주인이 아닌 세입자로 40대쯤 되어 보이는 남성이었다. 5년 동안 살았다고 하는데 집 안에 물건이 거의 없었다. 느낌이 좋았다. 백지 같은 집이 나를 상상으로 이끌었다. 내가 여기서 살면 어떤 모습일지 그려보기 시작했다. 베란다로 나가자 저 멀리 경의중앙선이 보였고, 촘촘한 아파트 단지들이 반딧불처럼 빛을 내고 있었다. 그 야경을 보자마자 덜컥 구두계약을 해버렸다.

"일단은 이 집으로 할게요. 그런데 낮에 한 번 더 방문해도 될까요?"

보광동 반지하에 살면서 햇빛의 중요성을 뼈저리게 절감한 후 무조건 남향을 외치며 태양신을 숭배할 뻔했던 내가, 해가 잘 드는지 확인도 하지 않은 채 이런 결정을 하다니…. 혹시나 태양신이 노하는 것은 아닐까. 다음 날 다시 그 아파트로 향하면서도, 그 아파트가 남향이라는 걸 알면서도, 마음이 불안했다.

다행스럽게도 내 불안감은 눈부신 햇살에 파사삭 소멸되었다. 풍부한 채광이 방을 가득 메우고 있었고, 더운 여름인데도 선선한 바람이 불었다. 고층에다 앞 건물 층수는 낮아, 확 트인 개방감이 마음을 더욱 상쾌하게 했다. 세입자는 에어컨 없이 5년을 살았다고 했다. 그가 왜 여기서 오랫동안 살았는지 알 것 같았다. 역시 이 집은 나의 운명의 집이 맞았다. 흡족한 마음으로 부동산으로 향했다. 계약서에 도장을 찍고 계약금을 송금했다. 지하철역으로 향하는 나의 발걸음은 깃털처럼 가벼웠고, 부동산에서 쥐어 온 사탕은 아주 달콤했으며, 스치는 사람들의 표정은 하나같이 평온했다.

'며칠만 있으면 저도 이 동네 사람입니다. 반가워요!'

속으로 인사를 하며 마음껏 즐거워했다. 내 앞에 아주 커다란 관문이 기다리고 있다는 것을 모른 채.

구해줘 야매 홈즈

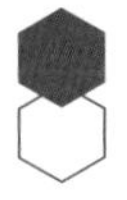

'여성이라면 반드시 집이 있어야 한다!'고 목 놓아 외치고 있지만,
매매와 관련해 구체적인 조언을 하는 것은 꽤 조심스럽다. 나는 부동산
전문가도 아닌 데다 시장의 분위기도 여전히 심상치 않기 때문이다.
하지만 분명 이 책을 읽다 보면 해결되지 않는 궁금증이 있을 것이라
생각한다. 그래서 내가 '아는 선에서' 답하는 자리를 마련했다. 물론
가장 중요한 것은 자신의 가치관과 선택이라는 것을 잊지 말자.

1. 집, 꼭 사야 하나?

누군가 집은 '사는 것'이 아니라 '사는 곳'이라고 할지도 모른다. 하지만 집은 주거 공간인 동시에 노후가 불안정한 한국인들의 대표적인 노후 자산이기도 하다. '사는 곳' 이상의 의미가 있다. (집은 '사는 곳'이라고 말한 사람도 분명 자기 집이 있을 것이다.)

2. 빌라나 오피스텔은 어떨까?

주거 형태에 대해서는 각자의 취향이 있겠지만, 집을 매매한다면 무조건 '아파트'를 사라고 추천하고 싶다. 특히 대단지 아파트는 비교적 치안이 괜찮고 관리도 잘 되는 편이다. 규격화된 아파트는 빌라보다 거래가 활발하기 때문에 나중에 되팔기도 쉽다. (1인 가구라도 '아파트 갈아타기'의 꿈 정도는 늘 품고 살아야 하지 않겠는가.)

3. 꼭 서울에 있는 집을 사야 할까?

자금 사정이 된다면 무조건 서울의 아파트를 사야 한다. 물론 나는 직업 특성상 대출 부담을 줄여야 했고, 좀 더 넓은 곳이 좋아서 경기도 아파트를 택했지만. 요즘 서울 집값을 보며 조금 후회 중이다.

4. 서울이 아니라면 어디에?

입지가 좋아 향후 가격이 상승할 수 있는 곳. 물론 어딘지는 나도 모른다. 내 경우는 서울 접근성과 회사와의 거리를 우선순위에 두었다. 내가 사는 곳은 상암과 종로의 방송국들과 가깝다. 출퇴근 시간이 줄어들수록 삶의 질은 수직 상승.

5. 오래된 아파트, 괜찮을까?

자금 사정이 된다면 당연히 신축 아파트를 추천한다. 다만 나는 오래된 아파트에 대한 거부감은 없었다. 내 맘대로 다 뜯어고쳐 살 수 있다는 게 좋았기 때문이다. 오래된 아파트를 살 땐 맘카페 등 지역 커뮤니티를 통해 녹물이나 주차 문제 등을 꼭 확인해 보길.

6. 가족들의 도움, 받아야 할까?

당연히 받아야 한다. 최대한 받을 수 있는 만큼 받아야 한다. 비혼이라고 하면 뭐든 혼자서 해내야 한다고 생각하는 사람들이 많은데 '내 집 마련' 만큼은 그런 고집을 넣어 두는 게 좋다. 기혼자들이 양가 부모님의 돈까지 '영끌'해도 어려운 것이 '내 집 마련'이다. 비빌 수 있는 언덕에는 다 비벼 보자. 나 역시 혼자 힘으로 1억 원을 모았지만 인테리어 비용, 부동산 중개 비용, 세금 등 초과하는 비용이 발생해 부모님의 도움을 받았다.

비정규직 비혼 여성도 사람이외다

비정규직도 사람이외다

돈도 모았겠다, 살 집도 정했겠다, 나머지는 수월할 줄 알았더니 대출이 복병이었다. 정부의 지원으로 이자가 저렴한 '디딤돌 대출'을 받는 과정은 인정 투쟁에 가까웠다. 일단 은행에 '재직 증명 서류'를 제출해야 했다. 가장 오래 일했던 C 방송국에서 떼기로 했다. 그런데 뉴스 팀장은 인사팀으로 가라고 하고, 인사팀에선 뉴스 팀장에게 가라고 하고…. 참으로 난처했다. 내가 속한 팀에선 작가가 나 혼자뿐이라 물어볼 동료도 없었다. 인사팀 중 누군가는 나를 앞에 두고 이런 말을 했다.

"여긴 정규직만 서류를 뗄 수 있는 덴데, 웬 작가가 자꾸 찾아와서…(이 귀한 곳에 이렇게 누추한 분이…)."

정규직 전환을 해달라는 것도 아니고 그저 여기서 방송 작가로 일한다는 서류 한 장 떼어 달라는 건데, 이런 소리까지 들어야 한다니. 당혹감에 어쩔 줄 몰라 하던 그때, 출입문이 열리며 누군가 등장했다.

"어, 민정 작가 여기 웬일이야? 서류 뗄 거 있어?"

몇 년 전에 프로그램을 함께한 팀장이 인사부장이 되어 있었다. 직원들 얼굴에 방금 전의 나처럼 당혹감이 어렸다. 부장이 일개 작가와 일면식이 있을 줄 상상도 못 했으리라. 그들은 관련 서류를 뉴스 팀장 메일로 보냈으니, 가서 날인만 받으면 된다고 친절히 알려 주었다. 아니, 이럴 거면 왜 그랬어요….

겨우 '근무확인서'를 받아 은행에 제출했는데 은행원의

표정이 좋지 않았다. 이건 효력이 없는 문서라고 했다. 네? 그게 대체 무슨 말씀이죠. 알고 보니 애초에 방송작가는 재직을 증명할 수가 없었다. 출퇴근을 하고 상근 노동을 해도 계약서상으론 프리랜서니까. 몇 푼 아껴 보려는 방송국 놈들의 꼼수다. 역시 난 디딤돌 대출을 받을 수 없는 걸까. 지푸라기라도 잡는 심정으로 인터넷을 뒤졌다. 비슷한 고민을 하는 비정규직들이 많았다. 다른 방법을 찾아본 끝에, 원천징수영수증 1년 치를 제출해 '꾸준히 돈도 벌고 세금도 내는 인간'이라는 걸 인정받을 수 있었다.

이 외에도 제출해야 할 서류가 수두룩해 은행을 제집처럼 들락날락했다. 나중에는 "저 돈 갚을 능력 된다니까요?"라고 외치고 싶은 심정이 되었다. 마침내 은행원이 "고객님! 디딤돌 대출이 승인되었습니다!"라며 이른 아침 연락해 왔을 때, 30년 동안 매월 34만 원씩 갚아야 할 빚이 생겼다는 게 그렇게 기쁠 수가 없었다. (내가 대출받은 금액은 9천만 원이다.)

다른 작가들이 비정규직인데 어떻게 디딤돌 대출을 받았냐며 조언을 구할 때가 있다. 그럼 나는 이렇게 이야기한다.

"어떤 방송국을 가든 무조건 1년을 버텨서 원천징수영수증 1년 치를 은행에 제출하세요. 그리고 C 방송국에서 일하게 된다면 인사팀엔 가지 마세요. 거긴 우리가 발을 들이기엔 너무 귀한 곳이거든요."

비혼 여성도 사람이외다

안 겪어도 될 일을 겪어 가며 디딤돌 대출을 받기에 성공했지만, 워낙 문턱이 높은 대출이라 다른 상품을 알아본 적이 있었다. 하지만 어딜 봐도 '신혼부부, 유자녀 우대'가 조건으로 따라붙었다. 예비부부라면 제출해야 할 서류는 청첩장뿐이었다. 뭐야, 혼인신고를 하지 않고도 대출을 받을 수 있잖아? 가짜 청첩장 만들어 내면 될 거 같은데? 근데 신랑 이름을 뭐로 하지? 나중에 혼인신고

했는지 조사 나오면 어떡하지? 걸리면 감옥에 갈 수도 있는 건가? 생각이 여기까지 이르면 차라리 '부동산용 결혼'이라도 하는 게 낫겠다 싶다. 아, 세상은 결혼을 욕망하지 않아도….

많은 주거 정책에서 비혼 여성은 거의 '없는 사람' 취급을 받는다. 월세를 전전하며 살 때는 몰랐다. 주거권은 인간의 기본권이기에, 주거 정책도 당연히 모든 이들에게 평등할 것이라 생각하며 살았다. (참으로 순진했다.) 더 잘 살아 보려고 '제도'를 들여다본 후 현실을 알게 됐다. 비혼을 위한 나라는 없다는 것을. 이런 생각을 하는 것은 나뿐만이 아니다. 이제 막 내 집에 관심을 갖기 시작한 또래 지인들의 아우성이 끊임없이 들려온다.

후배 L은 내가 이용한 디딤돌 대출을 알아보다가 미혼 세대주의 대출 한도가 2억 원에서 1.5억 원으로 줄었다며 울분을 터뜨렸다. 확인해 보니 주택 가격 한도도 5억 원에서 3억 원으로, 전용 면적도 85m²에서 60m²로 대폭

축소된 것이다. 결혼하지 않았으면 비싼 집도 넓은 집도 안 된다? 실제로 그런 집을 살 수 있는 능력이 있는지가 중요한 게 아니다. 미혼 단독 가구는 이 정도가 적당하다고 삶의 크기를 정해 둔 것이나 다름없다.

며칠 전 또 다른 지인에게서 연락이 왔다. 이번엔 꼭 집을 사겠다고 공언했던 작가 H였다. 집값이 너무 오른 데다 대출까지 막혀 특별공급 청약을 노려볼 생각이었는데 미혼인 자신에겐 아예 자격조차 주어지지 않았다고 했다. 게다가 일반 청약은 아이가 없기 때문에 점수가 한참이나 부족했다. 그는 남편 없고 애도 낳지 않은 나는 이 나라의 국민이 아닌 것 같다며 한숨을 쉬었다.

"억울하면 결혼하든가."

주거 정책들이 마치 이렇게 말하고 있는 것 같다. 하지만 우리는 가부장제에 편입될 임시의 삶이 아니다. 비혼도 한 가구의 가장이며, 독립적 삶을 사는 존재란 말이다.

비혼 가구도 세금을 낸다. 왜 차별을 받아야 하는가. 기혼자들의 혜택을 내놓으라는 게 아니다. 적어도 혼자 살아가겠다고 마음먹은 여성들을 '억울하면 결혼하라'는 식으로 내몰지는 말아야 한다.

몇 년 전 읽었던 송제숙의 《혼자 살아가기》를 다시 꺼내 읽었다. 민주화 운동에 참여했던 비혼 1세대 여성들의 주거에 관한 이야기로, 나에게 가부장제 사회의 주택 정책이 그들을 어떻게 소외시키는지 처음으로 보여 준 소중한 책이다. 가슴이 답답했다. 처음 이 책을 읽을 때는 세상이 조금이나마 변할 줄 알았다. 이들의 투쟁적 서사가 나의 서사가 되지 않길 바랐다. 하지만 페미니즘이 파도처럼 밀려드는 이 시대에도 여성은 여전히 변두리에 놓여 있다. 가임기 여성임에도 아이를 낳지 않은 대가를 치르라는 것처럼.

대한민국 정부여. 여자도 사람이외다. 그대들은 '애 낳는 기계'를 원하는가.

14년 세입자의 한풀이 리모델링

어딘가 틀어질지도 모른다는 불안감과 이제 곧 내 집이 생긴다는 설렘이 뒤엉킨 나날들을 보내고, 드디어 잔금을 치르는 날이 왔다. 2억 원이 넘는 돈이 집주인의 통장으로 들어갔고, 법무사를 통해 등기 이전을 했다. 드디어 끝났다. 정말로 내 집이 생겼다.

"30대 비혼, 내 집 마련~ 대~성공!" 이렇게 외치며 하늘을 향해 점프 한번 하고, 눈물이라도 왈칵 쏟을 줄 알았는데…. 의외로 덤덤했다. 아직은 내 집이 내 집 같지 않았다. 나름대로 청소를 했는데도 전에 살던 남자의 손톱이나 머리카락 같은 것이 어디선가 계속 나왔다. 하긴, '5년의 세월이면 사람과 집이 한 몸처럼 될 만도 하다…'고 이해하려 했지만 께름칙한 기분이 드는 건 어쩔 수 없었다.

하루빨리 리모델링을 하는 게 좋을 것 같았다. 1,500만 원을 들여 전체 리모델링 공사를 하기로 결심했다. 오랫동안 품어 온 로망, 화이트 인테리어를 실현할 때가 온 것이다. 지역 맘카페에서 수많은 리모델링 후기를 뒤져 괜찮은 인테리어 업체를 추려냈고, 가장 저렴한 곳보다 가장 말이 잘 통하는 곳에 맡기기로 했다.

리모델링이라는 것은 선택의 연속이었다. 그 존재조차 희미했던 방문 손잡이부터 부엌의 분위기를 좌우하는 싱크대 상판까지, 하나하나 내 손으로 골라야 했다. '화이트는 절대 실패하지 않는다'라는 굳센 믿음으로 나에게 주어진 선택지를 점차 지워 나갔다. 공사를 맡기로 한 업체의 사장님은 벽지도 바닥도 타일도 무조건 '화이트'만 외치는 나에게 조금 질려 버린 것 같았다. (내가 고른 벽지의 이름마저 '완전한 화이트'인 걸 확인하고 그는 흠

칫 놀라기도 했다.) 사장님은 관리가 힘들 거라며 몇 가지 선택은 만류하기도 했지만, 누구도 나의 로망을 막을 수는 없었다. 리모델링 공사는 정해진 스케줄에 맞춰 착실하게 진행되었다. 허름했던 집은 날이 다르게 변해 갔다. 그것은 마치 부동산 시대의 연금술을 보는 것 같았다. 공사를 끝내고 새하얗게 변한 집은 새 집이 부럽지 않을 정도였다.

며칠 뒤 우리 집을 구경하겠다며 찾아온 친구는 화장실에 들어가더니 경악한 표정으로 뛰쳐나왔다. 설마, 전에 살던 남자의 흔적이 또 나온 걸까. 아니면… 미처 처리하지 못한 나의 흔적?

"야, 무슨 이런 것까지 흰색이야, '화이코패스'냐?"

친구가 들어 보인 것은 최근 구매한 흰색 때수건이었다. 그것은 앞으로 이곳이 하얀 것들로 꽉꽉 들어찰 거라는 예고편이나 다름없었다. 그는 나를 화이트와 사이코패스를 합친 단어인 '화이코패스'라고 부르며 타박했지만, 나는 그 표현이 꽤 마음에 들었다. 때수건을 손에 끼고 조커처럼 춤을 췄다. 크, 이따위 세상 하얗게 표백해 주지.

친구는 나를 보고 깔깔대며 웃었지만 악당 영화가 그렇듯 화이코패스에게도 사실 나름대로의 슬픈 서사가 있다. 좁아터진 데다 빛도 잘 안 들어오는 원룸을 전전했던 그 시절, 조금이라도 넓게 살기 위해서는 일종의 착시 현상까지 동원해야 했다. 그렇게 찾아낸 것이 바로 '화이트'다. 밝은색이 집을 넓어 보이게 하는 효과가 있다는 것을 알게 된 후로는 무조건 화이트를 골랐다. 소파, 침구, 심지어 숟가락까지. 실제로 효과는 상당했다. 적어도 1평 정도는 넓어 보였다. 정말로. 그 경험이 오늘날의 화이코패스를 만든 것이다. 어쩌면 나는 인테리어 로망을 실현한 것이 아니라 좁은 집에 살았던 시절을 애도하기 위한 한풀이를 한 것인지도 모르겠다.

아직 가구들이 채워지지 않은 이 새하얀 공간은 앞으로

내가 어떤 삶을 살아갈지 그 어떤 암시도 하지 않는 것 같았다. 차가운 맥주 한 캔을 들고 베란다로 나가 첫눈에 반한 야경을 바라보았다. 저 멀리 어둠 속에서 움직이는 불빛들이 보였다. 서울로 착실하게 향하는 경의중앙선을 보자 서울과 경기도를 쉴 새 없이 오갔던 과거가 주마등처럼 스쳐 갔다. 무슨 교통사고가 나서 죽음의 문턱 앞에 다다른 것도 아닌데. 맥주를 조금씩 넘기며 다짐했다. 잘 살려고 산 집이니까 정말 잘 살아 보겠다고.

사소한 것도 내가 원하는 대로

오래된 아파트 리모델링의 가장 큰 매력은 아주 디테일한 부분도 내가 원하는 대로 바꿀 수 있다는 점이다.

조명은 전구색으로 은은하게

화장실을 제외한 모든 공간의 조명은 전구색으로 통일했다. 백색보다 훨씬 편안하고 은은한 느낌을 준다.

심플한 방문의 비밀

장식이 있었던 방문을 심플한 민무늬로 교체하고 싶었지만 비용 초과. 대신 장식을 제거해 민무늬처럼 보이게 만들었다. 추가 비용은 0.

거울과 세면대 높이는 낮게

키가 작은 나에겐 언제나 조금 높았던 '평균적인' 높이.
나를 기준으로 삼아 거울과 세면대를 평균보다 낮게 달았다.

싱크대 상부 장은 1/2 높이로

내 손이 닿는 곳까지만 수납공간을 만들었다.
집이 넓어 보이는 효과도 있고 가끔 고양이들의 캣타워가 되기도 한다.

몰딩의 존재감은 희미하게

몰딩의 사이즈를 최소한으로 줄여서 미니멀한 느낌을 살렸다.
무몰딩은 시공비가 비싸므로 이런 시공만으로도 충분.

Before

After

Before

After

Before

After

Part 2

집의 기쁨과 슬픔

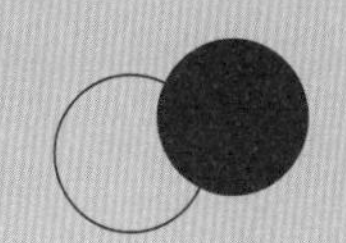

'내 집 마련에 성공한 1인2묘 가구는
오래도록 행복하게 살았습니다. 끝.'

그랬으면 좋았을 텐데 현실은 동화가 아니었다.
파이브잡까지 불사하며 내 집을 마련했는데도
행복하지가 않았다.
우울함이 나를 잠식했고, 내 직업이 증오스러웠다.
무언가 잘못되고 있었다.

천천히 가자.

집으로 돌아가 내 집을, 내 마음을 들여다보기 시작했다.
결국 '자기만의 방'을 온전히 갖기 위해 필요한 건
'자기만의 시간'이었다.

집만 있으면 다 될 줄 알았지

집만 있으면 저절로 잘 살게 될 줄 알았다. 잘 살아 보겠다는 마음만 있으면 충분할 줄 알았다. 하지만 집을 산 후 1년 동안의 시간이 내 인생에서 가장 우울한 시기였다. 나는 여전히 오전, 오후, 주말 각각 다른 방송국을 오가며 돈 벌기에 열중했다. 집만 사면 다 때려치우겠다고 수백 번도 넘게 다짐했는데…. "쉴 거라더니?" 오랜만에 만난 친구는 내가 아직도 세 개의 일을 하고 있다는 것에 놀랐다. 나는 멋쩍게 웃으며 변명했다.

"또 언제 이만큼 벌어 보겠나 싶어서 쉽게 못 놓겠더라. 물 들어온 김에 노 저어서 대출금도 빨리 갚아야지."

월 600만 원의 수입을 유지하기 위해선 계속되는 하대와 무시를 견뎌야만 했다. 모든 방송국이 그런 것은 분명 아닐 테지만 불행히도 내가 일했던 곳은 그랬다. 특히 '고귀한 곳'에서는 프리랜서들을 투명인간 취급하거나 그들의 생사를 쥐고 흔드는 말을 아무렇지 않게 내뱉었다. 그럴 때마다 스스로에게 주문을 걸었다. '이 풍진 자본주의 세상에선 너나 나나 다 똑같은 노예일 뿐이다'라고. 그러고 나면 어느 정도는 견딜 만했다. 하지만 이 주문의 힘은 그렇게 강력하지 못했다. 견디기 힘든 순간은 언젠가 찾아오고야 만다.

"아~ 나도 작가 하나 붙여 줘."

한 기자가 저 말을 하는 것을 들었을 때, 처음엔 파스를 붙여 달라고 하는 줄 알았다. 그런데 그게 아니었다. 파스가 아니라 작가였다. 새삼 특별한 말은 아니었다. 이 바닥에서 늘 들어 온 말이다. 작가 하나 붙여 줘, VJ 하나 붙여 줘…. 그런데 이 견딜 수 없는 위화감은 뭘까. 위에서 아래로만 흐르는 말들. 누군가는 당사자 앞에서 대놓고 할 수 있는 말들. 충원이란 말 대신 붙여진다고 표현되는 사람들. 어쩌면 나는 저들과 같은 노예가 아니라 저들의 '파스'일지 모른다는 생각이 스쳤다. 필요한 곳에 착, 붙이고 시원치 않으면 떼어 버리는….

그날 이후 나는 그런 말들을 아무렇지 않게 뱉을 수 있는 방송국 놈들보다 내 직업을 더 싫어하게 됐다. 방송작가로 일하며 힘든 일도 많았지만 분명 보람도 느꼈었다. 이 일이 재미있다고, 할 수 있는 데까진 하고 싶다고 공공연히 말하기도 했다. 하지만 이제는 대체 왜 이런 직업을 선택했는지 스스로를 원망하는 날들이 늘었다. 매일 마음속 깊은 곳에서 무언가가 서서히 깎여 나가는 기분이었다.

그 무언가를 채우기 위해 많은 것들을 샀다. 옥천 허브를 방불케 할 정도로 많은 택배가 우리 집으로 모였다. 새로 산 옷들을 입어 보거나, 가구를 조립하거나, 인테리어 소품들이 어울리는 위치를 찾는 데 온종일 시간을 쏟았다. 완벽한 집에서 완벽한 일상을 누리면 회사에서 겪는 모멸감이나 괴로움은 금방 잊게 될 것이라 생각했다. 하지만 실상은 정반대였다. 그것은 집에서 길을 잃고 서서히 고립되어 가는 과정이었다. 나의 세계는 이 아파트의 평수만큼이나 작아져 있었다.

우디 앨런의 영화 중 〈인테리어〉라는 작품이 있다. 주인공 조이는 남편과 이혼한 후 자식들과의 소통에도 어려움을 겪으면서 점차 인테리어에 강박적인 모습을 보인다. 결국 마음 둘 곳을 찾지 못한 채 집 안에서 서서히 고립되어 가는데, 바로 이 영화 속 조이의 모습이 나와 비슷했다. 그가 침대 위 액자의 위치를 조금씩 계속해서 바꾸는 장면을 아직도 잊을 수 없다.

우울함, 무의미함, 자기혐오…. 이런 감정들이 나를 서서히 잠식해 가고 있을 때, 무심히 지나쳐 왔던 풍경이 눈에 들어왔다. 내가 사는 아파트 입구의 자전거 거치대에는 방치된 자전거들이 많았다. 참 보기가 싫었던 그 자전거들이 꼭 내 모습처럼 보였다. 오랫동안 자물쇠에 묶인 채 먼지가 쌓이고 바퀴에는 바람이 빠져 있는 모습이. 내가 무엇 때문에 집을 샀는데, 왜 저 자전거 같은 꼴을 하고 있는 걸까. 오랫동안 날 묶어 둔 자물쇠를 풀어야 했다. 하고 있던 일들을 모두 그만두기로 했다.

내일부터 안 나가겠습니다

A 방송국

"그동안 많이 배웠고 감사했습니다."

"그래요, 그동안 고생 많았어요."

B 방송국

"저는 이번 주까지만 하고 그만둘게요."

"이번엔 뭐가 또 불만이야, 정말."

C 방송국

"전 더 이상 이렇게 일 못 해요. 내일부터 안 나갈게요."

"김 작가. 갑자기 왜 이래? 평소엔 아무 얘기 없었잖아."

정말 김 작가가 왜 이럴까. 원래는 내가 하고 있는 일들을 '아름답게' 그만둘 계획이었다. 시작보다 마무리가 중요하다는 말이 있지 않은가. 그리고 그게 프로답고 어른스러운 모습이기 때문이다… 는 개뿔. 방송 쪽에서 오래 일하려면 그래야 한다. 심기를 거슬리게 했다간 '너 여기서 다시는 일 못 하게 할 거야'라는 말을 아무렇지 않게 내뱉는 바닥이다. 쫓겨나든 제 발로 나가든, 나갈 땐 뒤탈 없이 조용하게 나가야 명이 길어진다.

하지만 나는 무려 두 곳에서 말 그대로 '깽판'을 쳤다. C 방송국은 아예 당일 퇴사를 했다. 실수를 쥐 잡듯 잡으며 모욕감을 주는 그들의 언사에 억눌려 있던 것들이 터져 버리고 말았다. 이미 그만두겠다고 마음을 먹었던 덕분에 눈에 뵈는 게 없었다. 정신을 차렸을 땐 하고 싶은 말들을 폭포처럼 쏟아 내고 있었다. 이런 식으로 그만두면 분명 후회할 줄 알았는데, 진심으로 후련했다. 오히려 하고 싶은 말을 더 하지 못한 것이 아쉬웠다. 나는 그동안 '말할 수 없는 사람'이었으니까.

나는 C 방송국에서 무려 4년을 일했다. 몇 번이나 피디가 바뀌고, 앵커가 바뀌고, 프로그램의 이름이 바뀌는 동안에도 나는 내 자리, 거기에 그대로였다. 좋은 사람들과 일했기에 가능한 일이었다. 하지만 마지막 1년은 정말 최악이었다. 지금 생각하면 왜 그런 취급을 당하면서까지 그 자리에서 버텼나 싶다. 근무 시간이 짧아서? 일이 편해서? 그곳의 누군가는 그렇게 생각할지도 모른다. 그래서 투명인간 취급 정도는 감내해야 한다고 생각했을지도 모른다. 하지만 내가 거기서 오랫동안 일했던 가장 큰 이유는 그 팀에서 작가는 나 한 명뿐이라는 게 좋았기 때문이다. 선후배와 부대낄 일 없이 홀가분하게 일하고 싶었다. 작가 한 명을 '붙여 놓고' 굴러가는 자리는 그렇게 흔히 나오는 게 아니기에 더 꾸역꾸역 버텼던 것 같다.

당일 퇴사를 했던 그날, 다른 팀 작가들의 연락이 왔다. 오가며 인사만 하고 지냈던 사람들이었다. 어쩌다 소식을 알게 되었다면서 힘이 되어 주지 못해서 미안하다고 나를 다독였다. 하고 싶은 말을 대신해 줘서 고맙다는 말도 들었다. 한 선배는 "이건 아니지 않냐"라며 계속 문제를 제기했고 회사의 사과를 받아 내 주기도 했다. 아는 노무사를 소개해 주겠다는 작가도 있었다. 누가 소식을 전했는지 방송작가 노동조합에서까지 연락이 왔다.

혼자 일하는 게 좋아서 오랫동안 일한 곳인데, 다른 팀 작가의 격려와 위로에 울컥해 눈물이 났다. 돌이켜 생각해 보면 하대와 무시를 당하는 것보다 누구와도 고충을 나눌 수 없다는 고립감이 더 힘들었는지도 모른다. 회식 때는 항상 내가 모르는 이야기들이 오갔고, 난 멀뚱히 앉아 있던 때가 많았으니까. 그때 힘이 되어준 작가들과는 지금도 꾸준히 연락을 이어 가고 있다. 계획대로 '아름답게' 그만뒀더라면 말하기의 해방감도, 작가들끼리의 연대감도 얻지 못했을 것이다. 그 시절을 떠올리는 건 항상 괴롭지만, 깽판을 치고 나온 나의 선택에는 박수를 쳐주고 싶다.

나의 집, 나의 시간

하루아침에 백수가 됐다. 늘 새벽 5시에 일어나야 했는데 마음껏 늦잠을 잤다. 평일 오전의 동네는 이렇게 평화롭구나. 음…. 그런데 이제 뭘 해야 하지? 아무 생각도 떠오르지 않았다. 당황스러웠다. 그렇게 자유를 원했는데 막상 자유를 얻고서 이 모양이라니. 항상 때려치우고 싶다고만 생각했지, 그만두고 뭘 해야겠다는 생각은 전혀 하지 않은 것이다. 가끔 연예인들이 일만 하며 사느라 시간 쓰는 방법을 모르겠다고 말하면 '하, 그 시간 나 좀 줘보쇼'라며 콧방귀를 꼈는데 이제야 그 말이 실감이 났다. 한 친구는 여행을 떠나는 것이 어떠냐고 했다. 여행은 가고 싶을 때 가는 거지, 시간이 있다고 가고 싶지는 않았다. (물론 여행 가고 싶을 때마다 시간이 없긴 하지만.) 자격증 준비나 영어 공부를 해볼까. 아무래도 내키지 않아 이내 계획을 접었다. 백수 주제에 구직 활동이나 자기계발을 하지 않는다니. 예전 같았으면 내 안의 '게으름 감독관'이 뭐라도 하라고 채찍을 들고 후려쳤을 텐데, 이제 더는 생산성 따위에 집착하며 스스로를 괴롭히고 싶지 않았다.

예전처럼 무엇인가를 이루려 하기보다, 느슨한 시간 속에서 내가 정말 원하는 것들이 무엇인지 천천히 들여다보기로 했다. 며칠 동안은 아무 일도 하지 않고 천장을 보며 누워 있거나 고양이 똥을 치우며 지냈다. 이렇게 비생산적으로 시간을 보내도 괜찮을까. 마음 한구석은 여전히 불안했지만 말이다. 그렇게 하루하루 지날수록 점차 나만의 루틴이 생겼다. 약속이 없어도 매일 씻고, 청소를 하고, 30분은 동네를 거닐며 산책을 했다. 나에게 일어난 일들에 대해 곰곰이 생각해 봤고, 이해가 되지 않을 땐 책을 읽었다. 가장 중요한 일과는 매일 밤 일기를 쓰는 것이었다. 일기는 길을 찾고, 위안을 받고, 나와 이야기를 나누는 방법이었다. 집에서 보내는 시간이 대부분임에도 정말 많은 이야기를 빼곡하게 채웠다.

2019년 5월 24일 (금)
매일이 똑같은 하루 같은데 일기를 쓰면 새로운 하루가 된다. 그래서 점점 더 쓰고 싶은 것들이 많아진다. 이것저것 생각하지 않고 일단 키보드를 두드리다 보면 어느새 스스로와 대화를 하고 있는 것 같다. 하고 싶은 말들을 모두 할 수 있다는 게 새삼 기쁘다. 여기서 나는 '말할 수 없는 사람'이 아니다.

○

내가 만든 루틴에 따라 움직이면서 나에게 온전히 집중할 수 있는 힘이 생겼다. 황폐했던 마음에도 안정감이 찾아왔고 가야 할 방향이 조금씩 보였다. 역설적이게도 비생산적이라고 생각했던 시간이 가장 생산적인 시간이 된 셈이다. 나에게 일어난 가장 큰 변화는 고민의 방향이 달라졌다는 것이다. 과거의 나는 '생존하기'만을 고민했었다. 내가 방송작가를 계속할 수 있을지, 앞으로는 또 어떻게 벌어먹고 살아야 할지. 하지만 이제는 '존재하기'에 대해 생각하게 됐다.

'나는 무엇에 가치를 두고 살아야 할까.'
'내 목소리를 내기 위해서 무엇을 할 수 있을까.'

그 과정에서 '페미니즘'을 만났다. 내가 지금까지 겪어 온 모든 일—내 집 마련 분투기, 방송작가라는 직업의 불안정함, 억눌렸던 것에 대해 말하기, 외모와 다이어트에 대한 집착, 딸로서의 성장 과정 등—은 페미니즘을 떠나서 설명할 수 없다는 걸 알게 됐다.

그저 물건을 채워 넣기 바빴던 이 집도 서서히 바뀌어 갔다. 많은 것을 내다 버리고 필요한 것들만 남겼다. 끔찍스러웠던 드레스룸은 서재로 만들고, 침실의 화장대를 버리고 커다란 작업용 테이블을 들였다. 여기에서 '존재하기'에 대해 궁리하다가 유튜브 채널도 만들게 됐다. (이 이야기들은 하나씩 에피소드로 소개할 예정이다.) 나를 고립으로 몰아넣었던 이 집이 비로소 나와 감응하는 공간이 되었다. '자기만의 방'을 온전히 갖기 위해선 '자기만의 시간'이 필요했던 것이다. 이 단순한 진리를 얻기 위해서 먼 길을 돌아왔다. 다시 길을 잃더라도 이 공간에서 또 다른 길을 찾아낼 수 있을 것이라 믿는다.

지금 나는 다시 방송작가로 일하고 있다. 늘 다른 길이 없나 두리번대고 있지만 이제 더 이상 내 직업을 혐오하지 않는다. 나 자신을 잃는 일이라면 언제든 그만둘 자신이 생겼다. 이제는 안다. 너무 아픈 사랑은 사랑이 아니었다는 노래처럼 너무 아픈 '존버'는 '존버'가 아니라는 것을.

지속 가능한 일상을 위한 루틴들

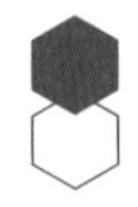

청소

일상이 흐트러졌을 때 가장 빨리 제자리로 돌아올 수 있는 방법. 50리터짜리 대형 쓰레기봉투를 준비한다. 닥치는 대로 물건들을 쓸어 담아 내다 버린다. 절대 물건을 분류하거나 정리하려고 해선 안 된다. 무언가에 쫓기듯 단시간에 해치울 것!

씻기

주변을 정리하는 것만큼 스스로를 정돈하는 것도 중요하다. 외출을 하지 않더라도 누군가와의 약속이 없더라도 나를 깨끗이 하는 '정화 의식'을 갖자. 매일 열심히 그루밍을 하는 고양이처럼. 지난 일상의 잔여물을 떠내려 보내고 새로운 일상을 맞이하자.

산책

날씨가 좋은 날엔 망설이지 말고 무조건 밖으로 나가서 걷기. 비타민 D를 합성해 주는 햇빛을 잊지 말고 누리자. 햇빛을 받으면 밤에 잠도 잘 온다. 집 안에서의 시간을 즐기기 위해서는 집 밖의 시간도 꼭 가져야 한다. 단, 너무 많이 햇볕을 쬐면 지칠 수 있으니 주의할 것.

고양이 똥 치우기

집중해서 똥을 골라내다 보면 내가 참 쓸모 있는 사람이 된 것 같다. 가끔 괜찮은 아이디어가 퐁퐁 떠오르기도 한다. '내 집 마련 이야기를 유튜브 아이템으로 만들어 볼까?' 같은 거.

대화

타인과 이야기를 나누지 않으면 생각의 폭이 좁아지고 고립된다. 일을 하지 않고 있다면 대화 기회가 더욱 줄어들기 때문에 정기적인 모임에 참여하거나 친구, 가족과 자주 연락하도록 한다. 유튜브나 팟캐스트를 통한 말하기도 고려해 볼 만하다.

운동

시간이 흐를수록 체력이 얼마나 중요한지 실감한다. 하고자 하는 일이 있을 때 체력이 부족한 일은 없어야 한다. 나는 운동과 인연이 없다고 생각했는데 최근 '클라이밍'에 재미를 붙였다. '대화' 덕분이다. 독서 모임의 회원이 "작은 사람이 클라이밍에 유리하다"며 추천해 준 것이 계기가 되었다. (사실 작은 사람이 유리하다기보다, 작은 사람들이 활약하고 있는 것이지만.)

월세도 안 내는 옷에게 방을 내주다니

자취를 시작한 이래 옷은 언제나 골칫거리였다. 늘 뼈만 남을 정도로 마르고 싶어 했던 나는, 작은 옷에 내 몸을 구겨 넣느라 아침마다 사투를 벌였다. 사투 이후의 광경은 늘 처참했다.

좁은 원룸에 '옷 무덤'이 가득한 그 광경이란…. 일을 끝내고 집으로 돌아오면 치울 여력조차 남아 있지 않아 죄 없는 옷들을 발로 뻥뻥 차며 내 몸 누일 공간을 간신히 확보하곤 했다. 조금 더 넓은 곳으로 이사했을 때도 사정은 크게 달라지지 않았다. 사는 곳이 넓어진 만큼 옷 무덤의 부피도 늘어났다. 정리하고, 어지럽히고, 발로 차고, 또 정리하고…. 시시포스의 신화가 이 방구석에서 재현되고 있었다.

나는 정말 옷 정리에 소질이 없는 걸까. 정리의 여왕 곤도 마리에의 조언대로 '설레지 않으면 버리기'를 시도해 봤다. 태국 여행에서 산 스렛시스의 원피스, 설레는구나. 너는 남으렴. 광장시장에서 발견한 짝퉁 버버리 코트, 이제 설레지 않아. 잘 가. 그동안 고마웠어. 3년 전에 산 자라의 펜슬 스커트, 넌 컬러가 참 예쁜 아이인데…. 이게 다 뭐 하는 짓이냐.

본격적으로 내 집 마련을 계획하면서 컴퓨터 바탕화면엔 새로운 폴더 하나가 생겼다. 바로 '드레스룸' 폴더. (인테리어 폴더도 아닌 무려 드레스룸 폴더다.) 수천 개의 이미지를 닥치는 대로 저장했다. 내 집이 생기면 드레스룸을 만들어 옷 무덤의 저주에서 벗어나리라. 그리고 영화 〈악마는 프라다를 입는다〉의 오프닝 속 그들처럼 산뜻하게 옷을 골라 상큼하게 출근하리라.

마침내 내 집이 생겼을 때, 나는 방 한 칸을 기꺼이 옷에 내주었다. 오픈 드레스룸을 만들기 위해 이케아 선반을 설치했고, 새 옷이 담긴 택배는 현관문 앞에 이삿짐처럼 쌓였다. 모든 옷을 색깔별로 정리한 후 옷 관리를 위한 스타일러까지 사들였다. 완벽하다. 드디어 옷과의 전쟁에서 승리하는 순간이라고 생각한 것은 너무 섣부른 판단이었다.

분명 처음엔 나만의 작은 편집숍 같았는데 정신을 차려보니 어느새 겨울 코트와 여름 원피스, 속옷과 스타킹이 뒤엉킨… 똥색의 거대한 블랙홀이었다. 아니, 블랙홀색의 거대한 똥이었을지도…. 아니, 그거나 그거나.

옷과의 전쟁에서 또 한 번 패배를 인정해야 했다. 그렇게 드레스룸, 아니 똥 블랙홀은 꼴 보기 싫은 것들—엑스바이크, 택배 뽁뽁이, 프린트기, 요가 매트—을 게걸스레 집어삼켰다. 덕분에 거실이나 침실은 말끔했지만 언제나 마음 한구석은 그곳처럼 어지러웠다. 친구가 놀러 와서 그 방문을 열려고 하면 기겁하며 막아서기 바빴다.

"여긴 안 돼, 여기는 그냥 버리는 방이야."

친구가 돌아간 후 곰곰이 생각해 보니 무엇인가 이상했다. 내 집은 평당 천만 원 정도다. 드레스룸은 3평 정도 되니 3천만 원의 가격이 된다. 그만한 가치의 공간을 그냥 버려둔다고? 돈으로 계산하니 정신이 번쩍 들었다. 내가 이 집을 마련하느라 얼마나 고생했는데, 아무 생각 없이 방 하나를 옷에 내주다니. 나는 그동안 월세도 안 내는 옷에 얼마나 많은 공간을 양보하며 살아왔는가….

더는 양보할 수 없었다. 옷들을 과감하게 줄여 나갔다. 수많은 옷이 헌 옷 수거함이나 쓰레기봉투 속으로 들어갔고 유골처럼 남겨진 옷걸이는 친구에게 넘겨주었다. 탈코르셋 담론과 미니멀라이프 열풍은 내가 옷을 덜어내는 일에 부스터를 달아 주었다.

이제 나에게는 문 하나짜리 작은 옷장만 남았다. 사계절이 뚜렷해 민소매부터 패딩까지 별별 옷이 다 필요한 이 나라에서 이 정도의 옷장을 가진 사람은 그리 많지 않을 것이라 자신할 수 있다. 자유롭고 홀가분해진 생활 속에서 문득 이런 생각이 든다. 대체 그 옷들은 다 무엇이었을까.

가끔 옷장의 문틈으로 옷자락이 삐져나올 때가 있다. 옷이 또 독버섯처럼 자라나 이 공간을 뒤덮는 것은 아닐까 아찔한 상상을 하며 옷이 넘치진 않는지 예의 주시하고 있다. 옷 정리하는 데 시간을 쓸 바엔 잠이나 더 자겠다는 결연하면서도 게으른 마음가짐으로.

미니멀 옷장을 유지하는 방법

옷장의 한도 정하기

지금 내 옷장 속에 어떤 옷이 있는지 모두 기억하고 바로 써 내려갈 수 있을 정도의 옷들만 소유하기. 안 입는 옷이 있다면 아깝다 생각하지 말고 과감하게 처리. 버릴 옷을 실내복으로 입겠다며 가지고 있지 않기.

무난한 색상

조합이 어려운 색상은 피하기. 서로 매치하기 쉬운 색상만 고를 것.

유니폼 만들기

검정 슬랙스 3벌 + 밝은색 셔츠 4벌 + 티셔츠 2벌
간절기 외투 2벌 + 겨울용 상의 5벌 + 겨울용 외투 2벌
내가 아침에 옷을 고르는 시간은 1분이 넘지 않는다. 뉴욕의 아트 디렉터 마틸다 칼은 아침마다 옷을 고르는 게 싫어서 아예 매일 같은 옷을 입고 출근한다고 한다. (마크 저커버그만 그러는 게 아니다!)

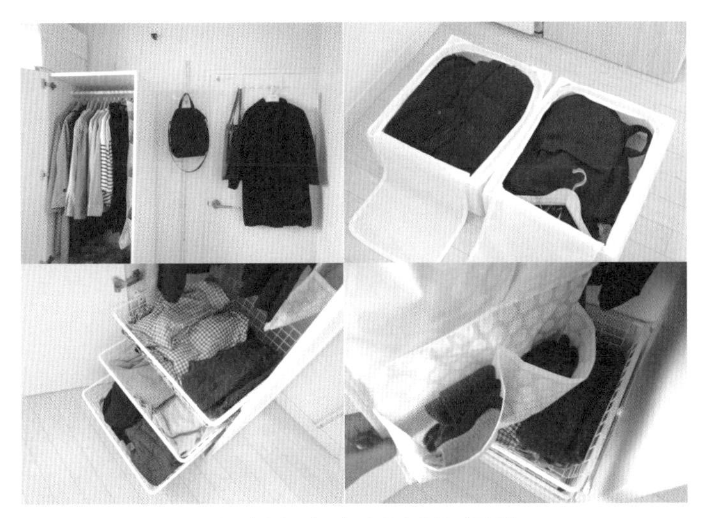

공간을 많이 차지하는 패딩은 문 뒤 공간에 걸고 자주 안 쓰는 옷과 소품은 따로 보관.

인생템 정하기

사라지지 않을 만한 브랜드에서 인생템 정해 놓기. 옷뿐만 아니라 신발, 가방 등도 마찬가지. 새로운 아이템을 찾고 써보고 또 찾는 수고로움을 덜 수 있다.

스타일러로 옷 관리

옷도 적은데 무슨 스타일러냐 싶겠지만, 적은 양의 옷을 돌려 입다 보면 세탁을 자주 하게 되고, 옷이 금방 닳아서 재구매 시기가 빨리 찾아온다. 스타일러로 관리하면 훨씬 오래 입을 수 있다.

간편함 즐기기

가끔은 다양한 옷을 매치하는 즐거움이 그립기도 하지만, 그러려면 옷을 고르고 입고 정리하며 많은 시간과 에너지를 쏟아야 한다. (여성의 일생에서 외출 준비에만 소요하는 시간이 3년이라는 통계도 있다.) 지금은 그런 수고로움을 덜었다는 즐거움이 더 크다.

하마터면 훈녀처럼 살 뻔했다

유독 피곤한 퇴근길, 이런 날엔 나에게 선물을 줘야 한다. 꽃 시장에 들러 노란색 튤립 한 다발을 산다. 테이블에 장식하면 집에 생기가 더해지겠지. 다음은 단골 디저트 가게로 향한다. 작고 아름다운 디저트들이 나를 기다리듯 진열되어 있다. 먹음직스러운 청포도 타르트를 골랐다. 좀 비싸지만, 나에게 주는 선물이니까. 샤워를 할 땐 특별히 아껴 쓰던 바디워시를 꺼낸다. 고급스러운 향 덕분에 기분 전환이 된다. 긴 생머리를 드라이기로 말리며 거울 속의 나를 이리저리 비춰 본다. 흠, 머리끝이 좀 갈라졌네. 내일은 단백질 헤어에센스로 영양을 좀 줘야겠어. 하는 김에 두피 케어도.

이것이 내가 꿈꿔 왔던 '훈녀의 삶'이다. 나는 어렸을 때부터 '훈녀의 삶'에 대한 집착이 남달랐다. 그 시작은 아마 장나라의 〈Sweet Dream〉 뮤직비디오였던 것 같다. 핑크색 새틴 파자마를 입고 일어나 로봇으로 양치질을 하고 알록달록한 주방에서 커다란 샌드위치를 먹는 그 모습이 아직도 생생하다. 나에겐 최초의 '훈녀 브이로그'였던 셈이다.

성인이 되고 나서는 주로 영화 속에서 훈녀를 찾았다. 〈아멜리에〉, 〈색계〉, 〈뷰티 인사이드〉, 〈허니와 클로버〉 등 동서양을 가리지 않았다. 캐릭터 특유의 분위기와 패션, 말투와 행동들, 감각적인 인테리어까지. 매력이 넘쳐흐르는 그들을 조금이라도 닮고 싶어 했다. 특히 아오이 유우가 나오는 영화가 좋았다. 긴 생머리에 하얀 피부, 해사하게 웃는 모습까지. 무엇보다 그의 종잇장 같은 몸을 참 부러워했다. 나에게 있어 훈녀의 첫 번째 조건은 '마른 몸'이었다.

집에 고립되었던 그때는 '훈녀의 삶'에 대한 집착도 최고조에 달했다. 예쁜 집에서 예쁘게 살아가는 여자가 되고 싶었다. 하지만 지금의 모습으로는 안 된다는 생각이 들었다. 아오이 유우처럼 말라야 했다. 내 생애 마지막 다이어트를 시작했다. 더 늙기 전에 태어나서 한 번은 말라 봐야 한다는 절박함 덕분에 나는 무려 8kg을 감량했다. 다이어트라는 게 이렇게 성취감과 만족감을 주는 거였구나. 작아서 입지 못했던 옷들이 쑥 들어갔고 날씬한 몸은 기분까지 가볍게 했다. 점점 더 마르고 싶어졌다. 인터넷을 돌아다니며 마른 여자들의 사진을 쓸어 모았다. '남자' 아이돌 사진까지 다이어트 자극용으로 썼다. 얘는 나보다 허리가 가늘어. 남자도 이 정돈데 난 뭐야.

식단을 지키는 건 어렵지 않았다. 신선한 음식을 규칙적으로 섭취하니 오히려 '건강한 삶'을 살고 있다는 착각마저 들었다. 하지만 이런 생활은 결코 건강한 삶이 아니었다. 누군가와의 약속 자리 때문에 정해진 식단보다 조금이라도 많이 먹은 날엔 죄책감에 하루를 망쳤다. 먹을거리가 넘쳐 나는 세상에서 내 몸은 매일 매시간 아슬아슬한 줄타기를 하고 있었던 거다. 식단에서 조금이라도 벗어난 식사를 하는 날이 늘어가자 점점 통제력을 상실했다. 변기를 붙잡고 먹은 것들을 게워 냈다.

변기에 둥둥 떠다니는 치킨 조각들을 보며 생각했다. 아, 더럽게 아깝다. 나는 왜 이토록 마르고 싶어 하는 걸까. 왜 끊임없이 예쁜 여자들의 영상을 보며 내면화했을까. 그저 나의 취향일 뿐인 걸까. 퇴사 후 '나의 시간'을 가졌을 때, 가장 먼저 마음의 심판대에 올린 것은 훈녀를 향한 욕망이었다. 궁금했다. 나를 이렇게 만든 게 무엇인지. 나에 대해 많이 생각했고, 의문이 떠오를 때마다 책을 읽었다. 차츰 욕망 너머의 것들이 보였다.

예쁘지 않다는 이유로 겪었던 폭력들, 꾸밈의 반복으로 쌓아 올린 자존감, 이성애가 가능한 여성에 속한다는 안도감, 다이어트로 인생이 바뀐 여자에 대한 신화들, 노력하면 더 예쁜 내가 될 수 있다는 믿음, 일상까지 예뻐야 한다는 강박…. 이런 경험들이 수없이 축적된 나의 몸. 그래서 언제나 검열의 대상이었던 나의 몸. 나는 내 몸을 한 번이라도 긍정한 적이 있었던가. 아니, 내 몸을 나라고 생각하긴 했었나. 더 예쁜 나에게 도달하기 전까진 받아들일 수 없는 '임시의 몸'이 아니었던가.

임시의 몸으로 사는 것은 이제 끝내기로 했다. 그건 임시의 삶을 사는 것과 마찬가지니까. 몇 차례에 걸쳐 옷장을 비워 내고 화장품은 최소한의 것만 남겼다. 다이어트를 하지 않음에도 지금 내 생활은 인생에서 최고로 가볍다. 10년 넘게 고수하던 긴 생머리는 짧게 잘랐다. 샤워 후 헤드뱅잉 몇 번 해주면 금방 마른다. 뽀송한 머리로 침대에 벌렁 눕는다. 방귀 한 방을 뀌자 고양이들이 펄쩍 뛰어오른다. 그걸 보며 세상 떠나갈 듯 깔깔 웃는다. 단백질 헤어에센스에 두피 케어가 다 뭐란 말인가. 아, 하마터면 훈녀처럼 살 뻔했다.

월세도 안 내는 옷들을 과감히 비우기 시작. 이제 아주 소량의 옷만 남았다.

본캐는 방송작가, 부캐는 유튜버

"민정 작가, 유튜브 한다며?" 회사 사람들 몇몇이 내가 유튜버라는 걸 알아 버렸다. 망할 유튜브 알고리즘이 우리 팀 사람에게 내 채널의 영상을 추천한 것이다. '본캐'는 방송작가, '부캐'는 유튜버로 철저히 분리된 삶을 살고 싶었건만. 다음 날 민망함에 출근을 하기 싫을 정도였는데, 역시 타인은 내가 뭘 하는지에 큰 관심이 없다. 내가 계획한 콘텐츠를 계속해도 될 것 같다. 노브라 20년 차 꿀팁 같은 거.

유튜브를 시작하게 된 이유는 다양하다. 페미니즘을 알게 된 후로는 TV 속 드라마나 예능 프로그램을 시청하기 거북할 때가 많았다. 그러다 찾게 된 것이 유튜브였다. 레즈비언 커플부터 70대 할머니, 페미니즘을 다루는 채널까지. TV 속에선 볼 수 없었던 새로운 세계가 만들어지고 있었다. 나도 그 세계의 일원이 되어 내 이야기를 하고 싶었다. 여기 이렇게 사는 사람도 있다고.

그즈음 방송작가 커뮤니티에선 유튜브 채널에서 함께 일할 작가를 찾는다는 구인 글이 점점 늘었다. '방송작가의 영역이 점점 넓어지는구나'라고 기대했건만 그들이 제시한 급여는 대부분 형편없었다. 싼값에 부려 먹기 좋다는 소문이라도 듣고 온 게 틀림없다. 그동안 방송국 놈들 아래서 열심히 착취당했으니 이제 작가들이 '자기만의 방(송국)'을 차려야 할 때가 온 것이다.

하지만 유튜브를 하려면 일단 영상 편집부터 배워야 하고, 카메라랑 마이크 같은 장비도 있어야 하고, 촬영 방법도 배워야 하고, 그리고 콘텐츠에 대한 연구도 좀 해야 하고…. 뭐든 '그냥' 하는 법이 없는 내 지독한 버릇이 또 나오려고 했다. 이러다 평생 못 하겠다. 일단 스마트폰을 들고 촬영을 시작했다. 아이패드 앱으로 편집하면서 모르는 게 나오면 유튜브에서 동영상 강의를 찾아보며 영상을 만들고 업로드했다.

처음엔 비혼 브이로그만 올리다가 '30대 비혼 여성의 내 집 마련 분투기' 시리즈를 올렸다. 더 많은 여성들이 자기만의 방을 가졌으면 하는 바람, 그 과정에서 스스로를 잃지 않았으면 하는 바람을 담아서. 다행히도 좋게 봐준 사람들이 좀 있어서 해외 매체와 인터뷰도 하고, 이렇게 책도 쓰게 됐다.

수익도 빼놓을 수 없는 이유 중 하나다. 유튜버 소련여자는 이렇게 말했다. "마르크스도 살아 있다면 유튜브 했을 거야." 무릎을 탁 쳤다. 그렇다. 유튜브 대박은 모든 노동자의 꿈이다. 놀랍게도 마르크스의 손자가 유튜버라고 한다. 만국의 노동자가 단결하면 벌어지는 일, 착취하는 사장 참교육 했습니다, 뭐 이런 콘텐츠를 다룰 거라고 생각했는데 파쿠르 선수란다. 아무튼 마르크스 손자라는 것만으로도 화제가 되다니. 자본주의 세상에서 '마수저'를 물고 태어났구나.

내 유튜브 수익은 그리 많지 않다. 영상 업로드가 적은 달엔 친구랑 맛있는 한 끼를 사 먹을 수 있을 정도다. 더 열심히 영상을 올리고 콘텐츠를 개발해야 하는데, 그냥 내키는 대로 하고 있다. 방송작가라는 '본캐'만큼의 성실성과 에너지를 투입하기엔 내가 가진 에너지양이 너무 적다. '부캐'는 조금 불성실한 자영업자인 셈이다. 그래도 천천히 오래도록 해볼 생각이다. 유튜브는 여성이라고 수익을 차별하지 않는 점이 좋으니까.

가끔 이런 상상을 한다. 각 나라의 여성들이 유튜브 공동체를 만들어 날짜를 정해 서로의 영상을 봐주는 품앗이를 하는 거다. 귀한 시간을 투자하지 않아도 된다. 그냥 영상을 틀어 놓고 각자 할 일을 하면 된다. 그렇게 창출한 수익으로 우리가 '잃어버린 임금(이민경의 책 《잃어

버린 임금을 찾아서》를 꼭 읽어 보시길)'을 충당할 수 있지 않을까. 물론 어디까지나 나의 상상이다.

유튜브 대박은 모든 노동자의 꿈이다.
이제 모두가 '자기만의 방(송국)'을 차려야 할 때다!

비혼이 뭐냐고 물으신다면

나는 언제 비혼을 결심했을까. 기억을 더듬어 보니 중학생 때의 내 모습이 떠오른다. 친구들끼리 모여 이야기를 나눌 때 '결혼'은 빠지지 않는 화제였고, 나는 그중 유일하게 "결혼도 하지 않고 아이도 낳지 않을 거야"라고 단호하게 말하는 학생이었다. 그리고 항상 돌아오는 말은 똑같았다. "저런 애가 제일 먼저 결혼하더라."

그런 불길한 예언 속에서도 나의 신념은 변하지 않았고, 마침내 페미니즘을 만나 '비혼'으로 스스로를 정체화하기에 이르렀다. 하지만 세상 사람들에게 비혼이란 여전히 낯설고 신기한 모양이다. 호기심 어린 눈으로 묻는다. 너는 왜 비혼인가. 그 이유쯤이야 백 가지는 넘게 댈 수 있지만 그냥 대충 둘러대고 만다. 그들이 질문을 던지는 진짜 이유는 궁금해서가 아니라는 걸 알기 때문이다. 나의 의견에 반박하거나, 결혼을 강요하고 싶어 한다. 왜 내 삶의 방식이 논쟁거리가 되는 걸까. 나는 그들이 왜 결혼주의자인지 묻지 않거늘. 답답한 마음을 비틀스의 명곡을 내 식으로 해석한 〈Let it 비혼〉을 부르며 달래 본다.

Let it 비혼, let it 비혼.
(비혼하게 냅두라, 냅두라 좀.)
Whisper words of wisdom, let it 비혼.
(지혜의 말을 속삭여요, 비혼인데 어쩌라고.)

○

“너만을 사랑해 주고 가부장적이지도 않고 돈도 많고 잘생긴 남자가 나타나도 결혼 안 할 거야?”

어느 날 같은 프로그램에서 일하는 선배 Y가 물었다. 비혼에 얼마나 진심인지 확인하기 위해 굳이 K-드라마적 상상력까지 동원해야 하나 싶지만, 저 질문에 대한 대답은 당연히 '결혼한다!'이다. 아무렴요. 마다할 이유가 있겠습니까. 배신감을 느끼는 사람이 있을지도 모르겠다. 겨우 이 정도 신념으로 비혼 타령을 하다니. 유튜브에 전시까지 하다니!

내가 스스로를 비혼이라 말하고 전시하는 가장 큰 이유는 결혼이 싫어서가 아니다. (물론 그 이유도 일부분을 차지한다.) 이렇게 사는 사람도 있다는 걸 자꾸 드러내야 세상이 조금이라도 바뀌기 때문이다. 투명인간 취급당하며 사회로부터 소외당하거나 제도 밖으로 밀려나고 싶지 않기 때문이다. 죽을 때까지 비혼이라는 신념을 지킬 수 있느냐는 그렇게 중요한 문제가 아니다. 언젠가 결혼하고 싶어질지도 모른다는 일말의 가능성 때문에 비혼이라 '말하기'를 포기하는 건 바보 같은 짓이다. 설령 결혼한다고 해도 이혼으로 인해 언제든지 비혼이 될 가능성을 품고 있지 않은가. 내가 어떤 삶의 방식을 택하든 여성으로서의 내 삶이 조금 더 나아지길 바랄 뿐이다.

며칠 전 국가인권위원회 실태 조사에 참여해 달라며 조사원이 집으로 찾아왔다. 우리 동네에선 7명을 무작위로 뽑았다는데 내가 뽑힌 것이다. (로또는 5등 당첨도 안 되는데 이런 건 또 잘 걸린다.) 아, 제발 여성 인권 좀! '메갈'의 기운을 뿜으며 폭풍처럼 각 항목을 체크해 가다가 잠시 멈칫하게 되었다. 현재의 혼인 상태를 묻는 질문의 선택지에 '비혼'이라는 단어가 있었기 때문에. 이런 설문을 작성하면서 비혼이 표기된 것을 처음 봐서 살짝 감격했다. 물론 세금, 주거 정책 등 실질적인 제도가 변하기까지는 갈 길이 멀긴 하지만.

아무튼 비혼에 조금이라도 뜻이 있는 사람이라면 모두 비혼 타령을 좀 해줬으면 한다. (《Let it 비혼》을 불러 보자.) 어쩌다 나중에 결혼하게 되면 어떤가, 지금 이 순간 비혼인 것을.

1인2묘 가구의 세계

라쿤 (3세)

성격: 낯선 사람에게도 엉덩이를 들이밂.
매력 포인트: 통통한 발, 먹물 꼬리, 목소리.
능력치: 거울을 통해 집사 염탐 가능.
좋아하는 것: 닭가슴살맛 간식.

개미 (2.5세)

성격: 경계심이 강하고 소심함.
매력 포인트: 고쟁이핏 하반신, 흰 양말, 목소리.
능력치: 꾹꾹이로 파자마 찢기 가능.
좋아하는 것: 야광 꼴뚜기 장난감.

빼앰 (∞)

이케아에서 고양이 장난감으로 쓰겠다며 사 온 것.
대체 무슨 정신으로 사 온 건지 모르겠음.
놀러 오는 사람들마다 놀람.

Part 3

나를 닮은 집

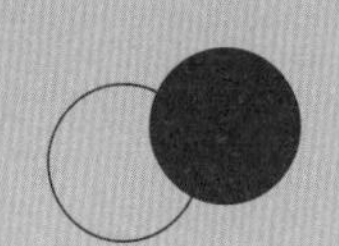

주 30시간 노동 준수하기
적당히 현대 기술에 외주를 주고 집안일에서 해방되기
내가 먹을 거니까 고기 듬뿍 넣어 요리하기
그리고 고양이와 함께하기.

수많은 시행착오 끝에
내게 맞는 생활 리듬을 조금씩 찾아 가기 시작했다.

잘이 아니라 적당히.
오롯이 나에게 집중할 수 있는 삶.

오늘도 최선을 다해 느긋한 하루를 보내자.

호캉스가 필요 없는 삶

유튜브를 시작한 후 몇몇 매체들의 인터뷰 요청이 들어오기도 하는데, '밀레니얼로서의 삶의 방식'에 대해 이야기해 달라는 질문을 꽤 자주 받는다. 1999년을 강타했던 밀레니엄은 알겠는데 밀레니얼? 사실 밀레니얼 세대란 소리를 들으면 조금 어리둥절하다. 얼마 전까지만 해도 내가 그 세대에 가까스로 포함된다는 사실조차 모른 채 "저는 격동의 세기말을 살았던 밀레니엄 세대입니다. 혹시 가수 Y2K를 아시나요?"라며 실없는 소리를 해댔기 때문이다.

아무튼 밀레니얼로서의 내 삶의 방식이란 '호캉스가 필

요 없는 삶'을 표방한다고 할 수 있겠다. 여유로운 시간 속에서 오롯이 나에게 집중할 수 있는 그런 삶 말이다. 파이브잡을 하며 두통에 불면증까지 시달렸던 경험 덕에 자체적으로 '주 30시간 노동'을 준수한다. 다행히 이번엔 적당한 일자리를 구했지만, 방송작가의 자리란 방송국 사정에 따라 언제든 사라질 수 있기에 오늘도 최선을 다해 느긋한 하루를 보내려 한다.

김영하 작가는 한 TV 프로그램에서 '호캉스'에 대해 이렇게 이야기했다. 집에 있으면 세탁기만 봐도 저걸 언제 돌리나, 설거지는 언제 하나 걱정하느라 편히 쉴 수가 없는데 호텔에서는 이런 일상의 근심이 없어 호캉스가 인기를 끄는 것 같다고. 과연 그렇다. 일반 가정집에서도 호캉스 같은 삶을 누리려면 일단 가사 노동으로부터 자유로워져야 한다. 그렇다고 미루거나 안 할 수는 없다. 일상의 재생산을 위해 반드시 필요한 것이 가사 노동이기 때문이다. 나는 고민 끝에 현대 기술에 외주를 주기로 했다.

설거지는 식기세척기에, 옷 관리는 스타일러에, 청소는 로봇청소기에, 세탁물 말리기는 건조기에 맡기고 있다. 나에게 일요일은 이른바 '풀가동 데이'로 모든 가전을 한꺼번에 작동시킨 후 나는 소음을 피해 욕조에서 여유롭게 때를 불린다. 덜컹, 덜컹. 그들이 알아서 굴러가는 소리가 기특하다.

최고의 가전을 꼽는다면 샤오미 로봇청소기를 택하고 싶다. 처음엔 바닥에 머리카락이 그대로 남아 있어 중고나라로 보내 버리려고 했는데, 먼지 통을 비우려고 통을 열어 보는 순간 깜짝 놀라고 말았다. 고양이 털이 먹구름처럼 가득 차 있었던 것이다! 이 자식, 알게 모르게 열심히 청소하고 있었구나. 물론 가전제품이 가사 노동으로부터의 완전한 자유를 보장해 주지는 않는다. 가전 관리와 최종적인 정리는 결국 내가 해야 할 몫이다. 그럼에도 상당한 에너지와 여유 시간을 확보할 수 있기에, 이제 가전제품들은 우리 집에 없어선 안 될 든든한 조력자들이라 할 수 있겠다.

일반 가정집인 나의 집에 호캉스 느낌을 더해 주는 공간은 역시 베란다다. 매번 좋아하는 공간이 바뀌긴 하지만, 베란다는 나와 고양이들의 사랑을 꾸준히 받는 핫플레이스다. 오랜 자취 생활 동안 햇빛을 못 보고 살았던 적이 많았기에 눈이 부실 정도로 햇살이 쏟아지는 날엔 내가 이걸 공짜로 누려도 되나 싶을 정도다. 베란다 흔들의자에 앉아 세월아 네월아 시간을 보내고 있으면, 고양이들도 하나둘 내 무릎이나 스툴 위에 자리를 잡는다. 요즘엔 자기들이 먼저 자리 잡고 있을 때도 있다. 좋은 건 알아 가지고, 피식 웃음이 나온다. 따뜻한 햇살 아래 나른한 표정으로 털 손질을 하고 있는 고양이들을 보고 있노라면 세상만사 부귀영화가 다 무슨 소용인가 싶다. 오션 뷰보다 좋은 고양이 뷰, 이것만으로도 사실상 호캉스를 뛰어넘은 것이 아닌가.

조금 더 휴양지 같은 기분을 내고 싶을 땐 접이식 일광욕 의자를 펼친다. 그리고 밀짚모자와 선글라스를 쓰고 레몬을 띄운 탄산수를 마시며 비스듬히 앉아 있으면 꽤 그럴싸하다. 이런 날엔 점심도 하와이안 햄버거나 로코모코 같은 것을 만들어 먹는다. 그리고 유튜브에서 우쿨렐레 음악을 찾아 배경음악으로 틀어 두면 '진짜 여기가 하와이구나…' 하고 느껴지는 건, 물론 아니지만 집에서 이런 모습으로 여유를 부리고 있는 게 나름 즐겁다.

코로나 때문에 외출이 줄어들면서 집과의 밀착도는 더욱 높아졌다. 온 미디어들이 해외여행 대신 호캉스를 가라, 이런 넷플릭스를 봐라, 이런 것들을 만들어 먹어라, 앞다투며 조언하고 있지만, 나는 이렇게 나만의 방식으로 유유히 집의 시간을 영위한다. 이게 다 백수 시절에 만들어 둔 루틴 덕분이다.

오션 뷰보다 좋은 고양이 뷰.
베란다 흔들의자에 앉아 세월아 네월아 시간을 보내고 있으면
고양이들도 하나둘 내 무릎이나 스툴 위에 자리를 잡는다.

내가 먹을 거니까 고기 많이

모두가 잠든 조용한 밤, 가족들 몰래 김치찌개 속의 고기를 건져 먹었던 경험이 있는가. 노곤하게 푹 익은 김치들 틈새로 육감적 자태를 뽐내는 돼지 등심을 탐하며 다짐했다. 자취를 하게 되면 내가 먹을 음식엔 고기를 가득가득 넣겠다고.

그러나 '고기의 꿈'은 금방 잊혔다. 가난한 자취생에겐 고기란 사치일 뿐이었다. 요리 실력도 변변치 않아서 라면이나 과자로 밥을 때울 때도 많았다. 그런 식생활 속에서 내 밥통은 본래의 기능을 상실하곤 했다. 갑자기 보일러가 고장 났던 한겨울 밤엔 밥통 안에 발을 집어넣고

자거나(물론 보온 설정으로), 밥을 하고도 깜빡하는 바람에 흰쌀밥을 카키색 곰팡이 덩어리로 만들어 버린 적도 있다. 밥에도 밥통에도 미안하다.

이대론 안 되겠다 싶었다. 제대로 된 요리를 해보자. 독립하면 맘껏 고기를 먹겠다더니 왜 아침은 고래밥, 점심은 사또밥, 저녁은 인디안밥을 먹고 있나. (어쨌든 밥이긴 하다.) 화보집처럼 그림만 보며 넘기던 요리책을 펼쳤다. 닭볶음탕이 눈에 띄었다. 달력을 봤다. 마침 복날이었다. 그래, 오늘은 이걸 꼭 해 먹어 보자.

대형 마트로 가서 플라스틱 장바구니를 팔에 끼고 재료를 찾아 나섰다. 평소에 쓰지도 않는 생강이나 미림, 홍고추 등을 사느라 재료비가 엄청났다. 조금씩 후회가 밀려오기 시작했다. 이럴 거면 그냥 사 먹는 게 더 이득 아닌가? 장바구니 때문에 팔도 아프고…. 왜 마트에 올 때마다 그놈의 백 원짜리 동전은 없는 건지.

겨드랑이 땀이 나도록 낑낑대며 집으로 나른 재료들을 싱크대 위에 펼쳤다. 팔을 걷어붙이고 요리를 시작했다. 닭 비린내 제거를 위해 닭을 우유에 재워라? 아니, 겨우 비린내 없애겠다고 비싼 우유를 이렇게 쓴다고? 이건 사또밥과 인디안밥을 먹을 때 꼭 필요한 거라고! 심지어 30분이나 재우라고? 지금 피곤해서 자고 싶은 건 나란 말이다!

그렇게 만들어진 닭볶음탕은 네 맛도 내 맛도 아니었다. 감자는 사과처럼 아삭하고 한 입 베어 문 닭다리살에선 핏물이 나왔다. 불만 가득한 마음으로 만든 요리는 이렇게 처참하구나. 사실 그게 아니었다. 그때의 나에겐 '약한 불'의 개념이 없었기 때문이었다. 요리는 무조건 '센 불'로 하는 줄 알았던 거다. 여기서 비극이 끝났으면 좋으련만 산더미 같은 설거지가 남아 있었다. 그 후로 오랫동안 요리와 결별했던 것 같다. 30대 중반으로 접어든 지금, 나의 요리 실력은… 여전히 허접하다. 하지만 매일 지치지 않고 1인분의 요리를 하기 위한 나름의 요령은 생겼다.

첫째, 레시피 속 재료에 집착하지 않는다. 재료는 되도록 집에 있는 것들로 해결하려 한다. 그래서 레시피 없이 요리할 때가 많다. 물론 잡채 같은 걸 만들 때 양념 비율 정도는 확인하지만, 목이버섯이 없으면 팽이버섯을 넣고, 시금치가 없으면 없는 대로 만든다. 완벽한 잡채보단 맛이 덜하지만 그런대로 먹을 만하다.

둘째, 20분 이상 요리하지 않는다. 조리 시간이 길고 복잡한 요리를 하면 성격이 급한 나는 금세 지치고 만다. 게다가 여전히 센 불 마니아라서 태워 먹거나 덜 익히기 일쑤다. 널널한 시간 보내기를 중요시하는 내가 타협할 수 있는 시간은 최대 20분이다.

셋째, 작은 마트에 간다. 대형 마트에 가면 방대한 식재료에 기가 다 빨린다. 예상 지출보다 더 쓰게 되는 것은 물론 1시간 정도는 우습게 '순삭'이다. 온라인 마트도 마찬가지였지만, 쿠팡의 로켓프레시는 품목이 적고 시간도 덜 잡아먹어서 애용 중이다.

마지막으로 설거지는 식기세척기의 도움을 받고 있다.

식생활이 자리를 잡자 오랫동안 잊힌 '고기의 꿈'이 떠올랐다. 그래, 지금의 나에겐 우유 한 통은 비린내 제거에 흔쾌히 쓸 수 있을 정도의 경제력이 있지 않은가. 1인용 화로를 사서 소고기 토시살을 구웠다. 고기는 항상 식당에서 왁자지껄 떠들며 허겁지겁 먹었었는데 이렇게 혼자서 천천히 음미하니 기분이 색달랐다. 토시살은 이렇게 쫄깃하고 고소한 부위였구나. 한 점 한 점이 내 몸의 단백질로 충실하게 채워지는 듯한 이 만족감. 그래, 고기에 쓰는 돈은 아끼지 말자. 다음엔 오랜만에 김치찌개를 만들어 봐야겠다. 신선한 돼지고기를 듬뿍 넣어서.

요즘 즐겨 먹는 요리.
청어알젓갈을 이용한 비빔밥과 두부쌈.
느끼함을 잡아 줄 오이를 곁들이는 게 포인트.

작은 주방은 언제나 심플하게

서재를 제외한 나머지 공간은 최소한의 것들로만 유지하려고 노력한다. 특히 주방은 일자형으로 크지 않은 편이라, 물건이 넘치지 않도록 항상 신경 쓰고 있다.

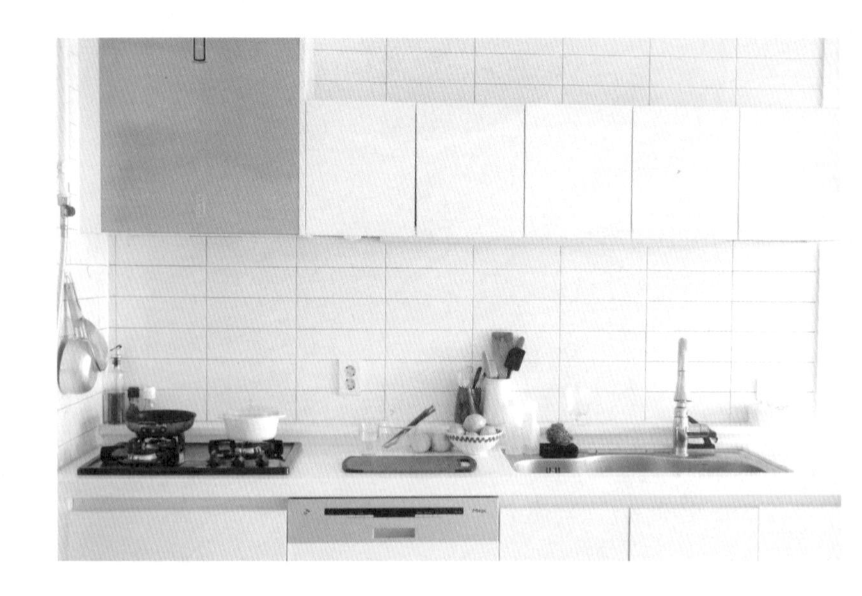

자주 쓰는 그릇들은 한 칸에 모아 두기

화이트를 중심으로 브라운, 블루 계열의 그릇만 사용한다.
정갈한 그릇들이 늘 제자리를 지키고 있어서
서랍을 열 때마다 마음도 산뜻하다.

항상 제철 과일을 구비해 두기

제철 과일은 중고 시장에서 사 온 화분에 넣어 둔다.
맛도 좋고, 건강에도 좋고, 집 안에 계절감을 불어넣어
인테리어 효과도 톡톡히 한다.

오염되기 쉬운 것은 블랙 컬러로

오염되기 쉬운 도마나 수세미는 블랙으로 선택하면 관리가 편하다.
블랙을 선호하지 않지만 주방은 예외. 의외로 멋진 포인트가 된다.

이케아가 어때서

“저… 제가 며칠 전에 옷장을 구매했는데요. 혹시… 환불 가능할까요?”

“네, 고객님. 제품 번호 말씀해 주시겠습니까?”

“아… 저 근데, 조립하던 옷장이 와르르 무너지는 바람에… 합판 하나가 박살이 났거든요….”

누가 봐도 100% 소비자 과실인데 환불을 하려 하다니, 뭐 이런 진상이 다 있나 생각할지도 모르겠다. 결론부터 말하면, 이케아는 조립 중 파손된 상품도 환불이 된다! 사건은 나의 자만심에서 시작되었다. 이케아는 이미 한국에 정식 매장을 열기 한참 전부터 ‘적당한 가격의 괜찮은 가구'를 원했던 자취생들의 열렬한 사랑을 받았다. 나 역시 이케아 직수입 사이트에서 그릇이나 행주 같은 것을 사 모았고, 어느새 전동드릴까지 마련해 수납장부터 침대까지 뚝딱뚝딱 조립하고 있었다.

내 집이 생긴 후, 오픈 드레스룸을 설치하기 전에 먼저 샀던 것은 이케아의 '팍스 옷장'이었다. 집이라도 한 채 만들 기세의 거대한 택배가 하나씩 도착했고, 나는 비장한 마음으로 조립 설명서를 펼쳤다. 예상대로 설명서에는 의뭉스럽게 생긴 캐릭터 두 녀석이 마주 보며 웃고 있었다. 이것은 '두 사람이 함께 조립하라'는 의미이다. 웃기고 있네, 난 혼자서도 잘하거든.

전에도 이케아 옷장을 두 개나 혼자 조립했던 경력자로서 자신 있게 전동드릴을 들고 조립을 시작했다. 일단 눕혀 둔 채로 하나씩 조립하고, 마지막으로 문짝을 달기 위해 있는 힘껏 일으켜 세웠는데… 와자작 쿵쾅!!! 굉음을 울리며 순식간에 옷장이 동서남북으로 해체되었다.

내 허벅지에 고양이가 할퀸 듯한 상처를 남기며. 묵직한 합판에 깔려 크게 다칠 수도 있었던 아찔한 상황에 놀란 표정으로 한참을 서 있었다.

충격도 잠시, 150cm를 겨우 넘는 내가 2m가 넘는 저 잔해들을 어떻게 처리해야 할지 막막해졌다. 정말 혹시나 하는 마음에 이케아 콜센터에 전화했는데, 이럴 수가. 구매 후 14일이 지나지 않았다면 환불이 가능하단다. 반품 운송료 5만 원을 내고 20만 원의 옷장 값을 돌려받았다. 이케아의 넓은 아량에 큰 감동을 받아 충성심이 하늘처럼 높아졌음은 말할 것도 없다. 더욱이 우리 집과 이케아의 거리는 매우 가까워서 퇴근길에 들르는 것이 일상화되었다. 보통 사람들은 어쩌다 한 번 날을 잡아서 가는 대형 쇼핑몰을 동네 다이소 가듯 드나드니 통장 잔고가 남아나질 않았다. 그럼에도 나의 이케아 사랑은 식을 줄 몰랐다. 어느새 우리 집의 80%는 이케아의 물건들로 채워졌다. 우리 집을 찾은 손님이 "어, 저거 이케아 제품 아냐?"라고 묻거나 "이케아 쇼룸 같다"라고 하면 이 많은 소품과 가구를 한 브랜드에서 샀다는 게 약간 민망하기도 하고, 이제 집도 있고 나이도 먹었는데 이케아 같은 조립 가구는 졸업할 때가 되지 않았나 하는 오만방자한 생각을 하며 북유럽 명품 가구 근처를 기웃대던 적도 있었다. 하지만 100만 원은 우습게 넘어가는 명품 가구를 사기에는 내 간이 너무 작았고, 무엇보다 환불이 어렵다는 것이 맘에 걸렸다. 큰맘 먹고 공간을 많이 차지하는 비싼 가구를 샀는데 집과 어울리지 않는 데다 환불마저 안 된다면 그만큼 불편한 동거가 또 있을까. 결국, 다시 이케아로 돌아갔다.

일본엔 '이것으로 충분하다'는 철학을 바탕으로 무인양품의 가구로만 생활하는 마니아들이 있다고 한다. 이케아라고 그렇게 못 할 거 있나. 그래, 이케아가 어때서. 내 마음에 들면 그만인 것을. 이케아의 철학은 '365일 언제든 환불 가능' 정도가 되지 않을까. 이케아가 언제쯤 멋진 고양이 캣타워를 내놓으려나 기대하면서 오늘도 나는 육각 렌치를 들고 이케아 스툴의 느슨해진 나사를 조인다.

1인2묘 가구 주방용품 베스트

조리 도구

이케아 칼과 에코그린 블랙 도마

예전에는 용도별로 서너 개씩 사용했지만,
지금은 딱 한 개씩만 두고 사용 중.
원목 도마를 쓰다가 블랙 도마에 정착.
오염에 강해 관리가 쉽고 값도 저렴한 편.

나무 찜기 16cm

원목 조리 도구는 편안한 느낌을 준다.
야채를 쪄 먹으면 건강한 기분 충만.
센 불에서 쓰는 바람에 가장자리가 조금 탔다.
16cm 냄비와 함께 쓸 수 있다.

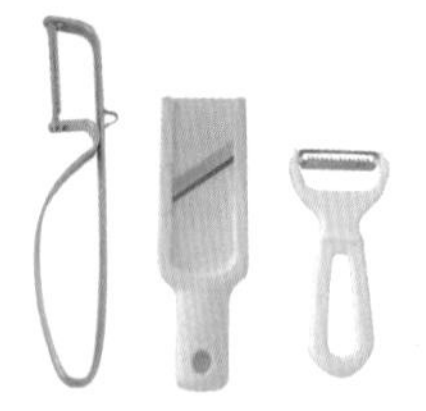

채칼 3종

칼과 도마를 쓰지 않고 간단하게 1인분의
채썰기가 가능하다.
샐러드를 만들 때 특히 유용하다.

냄비와 프라이팬

세트처럼

엑스칼리버 프라이팬 22cm
적당한 사이즈의 가벼운 프라이팬 하나만
사용한다. 업소에서 주로 사용할 정도로
내구성이 좋고 가격도 저렴.

루미낙 양수 냄비 16cm
혼자 쓰기 적당한 사이즈의 화이트 냄비.
유리 제품이지만 생각보다 튼튼하다.
우리 집 인테리어와도 잘 어울린다.

이케아 스테인리스 냄비 16cm
작고 가벼워서 1인분 요리하기에 딱 맞는 냄비.
라면이나 인스턴트 국을 끓이는 데 사용.

마리슈타이거 베이비웍 18cm
밥솥이나 프라이팬 등 다방면으로 활용하기
좋은 냄비. 무거운 편이라 요즘은
잘 활용하지 않는다.

온 세상이 화장실이었을 너에게

지금 나와 함께 살고 있는 고양이들은 원래 옆 동네 주민들이 키우던 길고양이였다. 날씨가 추워지면서 이 아이들이 따뜻한 곳으로 가길 바랐던 주민들이 인터넷에 집사 모집 글을 올렸고, 마침 고양이를 키우고 싶어 했던 내가 지원하면서 우리 집으로 오게 된 것이다. 사진 속 모습보단 조금 몸집이 크고 어딘지 퀭해 보이는 남매 고양이들. 몸집이 작은 아이에겐 '개미'라는 이름을 너구리를 닮은 아이에겐 '라쿤'이라는 이름을 지어 주었다.

고양이를 데려오고 가장 놀라웠던 것은 따로 배변 훈련을 하지 않아도 알아서 변을 보고 모래로 덮어 놓는다는 점이다. 훈련 없이도 이런 게 가능하다니. 세상에 이런 반려동물이 있단 말인가. 하지만 더욱 놀라운 것은 고양이의 똥 냄새였다. 인간의 그것과 맞먹는 악취에 처음엔 우리 집에 누군가 몰래 침입해 갑자기 분뇨를 싸지르고(갑분싸) 간 줄 알고 침대에 누워 있다가 벌떡 일어났을 정도니. 그 귀여운 얼굴에 이런 냄새가 나는 똥을 쌀 수 있단 말인가. 처음엔 믿기가 어려워서 고양이들에게 이렇게 묻기도 했다. 너네 혹시 사람이냐? 약간의 배신감과 함께 이것을 '맛동산'이라 칭하는 이 나라의 집사들이 대단하게 느껴지기도 했다. 냄새도 냄새지만 집 안이 모래로 엉망이 됐고, 인테리어에도 악영향을 끼쳤다.

곧장 평판형 화장실을 처분하고 뚜껑이 있는 화장실 세 개를 주문했다. 위로 들어가는 구멍이 있어 모래도 튀지 않고 냄새도 어느 정도 막아 주었다. 무엇보다 밝은 회색에 슬림한 디자인이라 우리 집 인테리어와도 잘 어울렸다. 다행히 개미와 라쿤은 적응력이 뛰어난 고양이였다. 어느새 화장실에 쏙 들어가 열심히 똥을 짜냈다.

화장실을 해결했더니 또 다른 문제가 생겼다. 고양이들이 벽지와 패브릭 소파를 뜯기 시작한 것이다. 스크래처 개수는 충분하다고 생각했는데…. 스크래처를 몇 개 더 주문했지만 소용이 없었다. 그때부터 인테리어를 사수하고자 하는 집사와 모든 것을 뜯고자 하는 고양이들의 공방전이 시작되었다. 벽에는 스크래치 방지용 비닐을 붙이고, 큼직한 천을 구매해 소파에 씌워 두었다. 그걸로는 부족해서 많이 뜯긴 곳에는 고양이들이 싫어하는 귤을 올려 두어 '결계'를 쳤다. 귤을 보자 고양이들은 가자미 눈을 하며 뒷걸음질쳤다. 하하. 너희는 내 인테리어를 망칠 수 없다고!

그로부터 며칠 후, 퇴근하고 집에 왔더니 이불이 온통 고양이 설사로 범벅이 되어 있었다. 범인은 라쿤이라는 걸 금방 알 수 있었다. 그때도 계속 설사를 하고 싶어 이불 주변을 서성이고 있었으니까. 갑작스럽게 단백질 함량이 높은 사료로 바꾼 것이 화근이었다. 입이 짧은 개미는 묽은 똥 정도에 그쳤지만, 라쿤이 녀석은 새 사료가 입에 맞았는지 많이도 먹은 모양이었다. 설사에선 그 지독했던 악취가 나지 않았다. 무서웠다. 탈수 증세가 시작된 것 같았다. 근처 동물 병원에 데려가 링거를 맞게 했다. 사람도 탈수 증세를 겪으면 퀴퀴한 냄새가 나는데, 라쿤에게도 조금 그런 냄새가 났다. 고소한 냄새만 나던 이 깔끔한 녀석이 이렇게 될 정도면 얼마나 힘들었을까.

다시 라쿤을 집으로 데려와 얼른 화장실의 모래를 갈아주고 이불은 둘둘 말아 쓰레기봉투에 넣었다. 하지만 라쿤은 계속 그 이불만 찾으며 야옹야옹 울다가 마지못해 화장실에 들어갔다. 이제야 보였다. 온 세상이 화장실이었을 고양이에게 그 화장실은 너무 좁다는 걸. 고작 인테리어를 이유로 그렇게 작은 화장실을 주다니. 1인2묘 가구라고 그렇게 내세웠으면서 너무 나만 생각했구나.

다행히 다음 날부터 라쿤은 설사가 아닌 묽은 똥을 쌌고, 서서히 기력을 회복했다. 그리고 나는 원래 있던 것보다 2배 정도 큰 사이즈의 대형 화장실을 주문했다. 넓은 화장실에서 마구 모래를 파헤치는 모습을 보니 더욱 미안한 마음이 들었다. 그리고 그 화장실에서 마침내 냄새가 지독하지만 귀여운 '맛동산'을 캐낼 수 있었다. 아니, 그건 맛동산보다 더 귀한 것이었다. "심봤다!"

그날 이후 나는 스크래치 방지용 비닐과 소파에 씌워 둔 천을 거둬들였다(귤은 먹었다). 다행히 고양이들이 벽지는 더 뜯지 않았지만, 소파에는 여기저기 실밥이 올라왔다. 하지만 이제 더 이상 소파를 나만의 것이라 생각하지 않는다. 고양이들의 쉼터이자 놀이터, 스크래처이기도 하니까.

이 귀여운 얼굴에 이런 냄새가 나는 똥을 쌀 수 있단 말인가.
너네 혹시 사람이냐?

게으른 집사의 최후

라쿤과 개미를 데려오면서 하루 40분 이상은 꼭 놀이 시간을 갖기로 마음먹었다. 사실 이런 규칙을 정할 필요도 없었다. 사냥감이 달린 낚싯대로 놀아 주는 것은 인간인 나에게도 아주 재미있었기 때문이다. '나는 슈퍼마리오다. 네 번 잡혔으니 남은 목숨은 하나뿐, 이번에 잡히면 끝이다!'라는 마음가짐으로 임한 덕분에 놀이를 넘어 승부의 레벨로 접어들기도 했다. 어쩌면 내가 놀아 준 게 아니라 고양이들이 나와 놀아 준 것일지도 모른다.

하지만 여름이 되면서 사정이 달라졌다. 맘에 드는 디자인이 없다는 다소 까다로운 이유로 에어컨을 설치하지 않았던 터라 고양이들과 한바탕 놀고 나면 온몸이 땀범벅이 됐다. 고양이들과의 놀이가 점점 힘겨워지던 어느 날, 홀연히 구세주가 강림했다. 그것은 바로 파리였다. 어디로 들어왔는지 모를 파리가 집을 휘젓고 다니자 고양이들은 광기에 휩싸여 파리를 쫓기 시작했다. 파리 잡기에 한바탕 에너지를 쏟은 날엔 놀아 달라고 보채거나 내 잠을 깨우지도 않았다. 한마디로 파리의 기적이었다. 그날 이후 아예 문을 살짝 열어 놓고 파리가 들어오길 고대했다. 집사의 책무를 잊고 꼼수를 부리기 시작한 것이다. 베란다의 고양이 화장실 냄새 덕분인지 매일 1~2마리의 파리가 들어와 나의 노동을 대신해 주었고, 나는 편안하게 그 광경을 지켜봤다. 물론 마지막엔 꼭 파리가 창밖으로 날아가도록 했다. 조금 미안한 마음이 들기도 했고, 집 안 어딘지 모를 곳에 파리 사체가 있는 게 싫었기 때문이다.

어느 날은 라쿤이 솜방망이 펀치로 파리를 잡았다. 그런데 갑자기 그걸 입에 넣고 오물거리는 것이 아닌가. 야!

그거 먹지 마! 식겁해서 소리를 지르자 녀석이 쪼르르 도망쳤다. 고양이가 파리를 먹어도 되나…. 검색해 보니 고양이에게 파리는 좋은 단백질원이며 집사 모르게 먹는 벌레가 엄청날 것이라고 했다. 파리는 물론 바퀴도…. 아아, 더 알고 싶지 않아. 나는 큰 충격을 받고 우리 집에 파리의 출입을 전면 금지했다. 이제 다시 내가 직접 놀아 줘야지.

하지만 바로 다음 날, 나는 작업을 하느라 놀이 시간도 잊은 채 책상 앞에 하루 종일 앉아 있었다. 시계를 보니 이미 밤 10시가 넘었다. 이상하다. 분명 이 녀석들이 엉덩이를 들이밀며 놀아 달라 보챌 때가 됐는데. 고개를 돌려 보니 둘이서 침실과 거실을 오가며 분주히 놀고 있었다. 내가 안 놀아 주니 자기들끼리 놀기로 했나 보다, 생각하며 하던 일을 이어 나갔다. 그렇게 한참을 왔다 갔다 하던 녀석들이 이제는 내가 있는 침실 구석에 자리를 잡고 무언가를 가만히 들여다보기 시작했다. 가끔 작은 벌레가 들어오면 그럴 때가 있어서 또 무당벌레 같은

게 들어왔나 싶었다. 그런데 녀석들의 뒤통수가 평소와 는 다른 집중력을 발휘하고 있었다. 대체 뭘 저렇게 보는 거지? 궁금해진 나는 의자에서 일어나 고양이 머리 위로 고개를 뻗었고 충격적인 광경을 목격하고 말았다.

"악!!!!!!!!!!" 나는 한밤중이라는 사실도 잊은 채 외마디 비명을 질렀다. 고양이들이 보고 있던 것은 바로 '구더기'였다. 희고 작은 것들이 꼬물거리고 있었다. 자취 생활 동안 정말 많은 벌레를 만났다. 미국바퀴, 일본바퀴 등 각종 바퀴벌레는 물론 그리마, 꼽등이, 초록색 왕지네까지. 그래서 웬만한 벌레에는 놀라지 않는데 '이것'이 나오다니. 겨우 마음을 진정시키고 거실로 가보았다. 거실엔 아무것도 없었다. 아니, 우리 집이 하얘서 잘 안 보이는 거였다. 구석을 보니 흰 것들이 꿈틀거리고 있었다. 악! 또 소리를 질렀다. 고양이들은 거실에 있던 '이것'들을 입에 물고 침실로 계속 옮긴 것이다. 이 녀석들에겐 장난감 천국이었으니 나에게 놀아 달라 보챌 필요가 없었구나.

대체 어떻게 된 일인지 확인하기 전에 일단 '이것'들을 처리해야 했다. 검색했더니 파리가 한 번 알을 까면 약 70마리 정도의 '이것'들이 태어난다고 한다. 정신을 바짝 차리고 70마리를 잡아야 한다. 비닐장갑을 낀 손에 휴지를 둘둘 말고 숫자를 세며 그것들을 잡아 변기에 넣고 물을 내렸다. 벌써 현관까지 간 것들도 있었다. '이것'들은 의외로 빠르다. 세상 쓸데없는 지식을 습득하고 말았다. 라쿤과 개미는 애써 모은 것들이 변기 속으로 빨려 들어가자 상실감에 야옹야옹 울어 대고 나는 징그러움에 몸을 떨며 울고…. 1인2묘 가구의 생지옥이었다. 그리고 정말 70여 마리 정도를 처리하자 더 이상 보이지 않았다. 시계를 보니 새벽 3시였다. 허허….

이제 추리의 시간이다. 검색해 보니 파리가 알을 낳으면 24시간 내에 부화한다고 한다(또 쓸데없는 지식 습득). 24시간 전에 들어온 파리는 라쿤이 먹었는데…. 아니, 먹지 않았을지도 모른다! 라쿤이가 거실 어딘가에 그걸 뱉었고 아직 살아 있던 그 파리가 후손을 남겼다면? 그게 가장 설득력 있는 추론이었다. 혹시 우리 집이 푸세식 화장실처럼 더러울 것이라 오해하는 사람들이 있을까 봐 노파심에 하는 말이지만, 깨끗한 환경에서도 '이것'이 생길 수 있다고 한다. 그렇다고 우리 집이 완벽하게 깨끗한 것도 아니지만, 설거지는 좀 밀리는 편이지만, 매일 두 번 청소기를 돌리는 깔끔함을 유지하고 있다는 점은 확실히 하고 싶다.

이날 새벽 벌어진 일은 게으른 집사에게 내려진 형벌이리라. 날이 밝자마자 에어컨을 주문했다(디자인이고 나발이고). 아주 더운 날씨에도 쌩쌩하게 놀아 줄 수 있도록. 게으른 마음이 고개를 들 때면 그 작고 하얀 것들을 떠올린다. 몸이 부르르 떨리며 닭살이 돋는다. 얼른 고양이들을 들쳐 안고 뱃살을 쪼물딱대니 안정이 찾아온다. 살다 보니 정말 별일이 다 있다. 놀이 시간 만큼은 절대 무엇에게도 외주를 주지 말아야지.

내 집값만 안 오르네

책 《여자 둘이 살고 있습니다》에는 두 여자가 서울의 한 아파트를 매매하는 과정이 나온다. 김하나가 대출에 부정적이었던 황선우를 설득하지만, 정작 김하나는 프리랜서라 대출이 나오지 않아서 황선우 앞으로 대출을 받았다. 훗날 김하나는 자신이 황선우 덕분에 많은 호사를 누리게 됐다며, 스스로를 '빌붙은 자'라고 우스갯소리를 했다. 요즘 이 에피소드를 다시 읽어 보니 속물적인 생각을 하게 된다. '서울 집값이 이렇게 미친 듯이 오르기 전에 집 사자고 밀어붙인 김하나가 완전히 귀인이구먼!'

지금으로부터 3년 전, 나는 서울시 노원구의 18평 아파트와 지금 살고 있는 경기도 고양시의 21평 아파트를 두고 오랫동안 고민했었다. 결국 후자를 택했다. 3년이 지난 지금, 내 아파트 가격은 돌부처마냥 요지부동이고 노원구의 그 아파트는 5억 원으로 훌쩍 뛰었다. 집을 산 이후엔 집값 같은 건 잊고 살 작정이었는데. 하지만 뉴스 방송작가라는 직업 때문에 부동산 뉴스를 피하려야 피할 수도 없다. 기사를 볼 때마다 속이 쓰리다.

게다가 요즘은 누구를 만나든 '부동산' 이야기만 하게 된다. 며칠 전 만난 친구는 이번에 집값이 많이 올라 다시 팔고, 그 옆의 12억 원짜리 아파트로 이사를 간다고 했다. 나와 비슷한 시기에 집을 샀는데 왜 이렇게 차이가 나는 걸까. 사람들은 가격이 쑥쑥 오르는 서울 아파트를 두고 '똘똘한 한 채'라고 한다. 그럼 우리 집은 '멍청한 한 채'인 걸까. 나는 이 집에서 정말 만족스럽게 살고 있는데…. 휘둘리지 않으려 해도 괜히 울적해진다. 중요한 기회를 놓친 기분이다.

사실 나에게는 또 한 번의 기회가 있었다. 동료 작가인 H가 서울시 서대문구의 5억 원짜리 아파트를 함께 구매해 보는 건 어떻겠냐고 제안한 것이다. 일단 둘이 합해 2억 원 정도만 모아도 나머지는 대출로 충당이 가능했을 때였다. 하지만 지금의 아파트로 이사한 지 1년도 채 되지 않았을 때고, 타인과 함께 사는 것도 부담스러웠다. 무엇보다 24평인데 5억 원은 너무 비쌌다. 요즘 H를 만나면 그런 이야기를 한다. "그때 5억 원은 싼 거였어요…."

이건 뭔가 잘못된 것 같다. 부동산 앱 '호갱노노'를 다운받았다. 나는 이때까지 주로 네이버 부동산에서 매물을 봤는데, 이 앱은 그야말로 신세계였다. 신고가, 가격 변동, 개발 호재까지 아주 간편하게 확인할 수 있었다. 그 후 부동산 시세 확인은 나의 중요한 일과가 되었다. 내 아파트의 가격을 수시로 들여다봤다. 가격이 조금이라도 오르면 기분이 좋았고, 가격이 떨어지면 금방 시무룩해졌다. 그러다가 휙휙 지도를 이동시켜 서울 아파트의 집값을 살폈다. 이 아파트는 3년 전엔 5억 원이었는데 어떻게 지금은 11억 원이 될 수가 있지. 그런데 이 짓을 반복할수록 개운치 않은 데자뷔가 느껴졌다. 나… 예전에도 이랬던 것 같은데….

'아, 주식.'

남북 정상이 손을 맞잡고 평화를 외칠 때, 나는 회사 앞 교보증권으로 달려갔었다. 지금 바로 계좌 만들어 주세요! 미친 듯이 대북 테마주를 쓸어 담았다. 그 후의 나의 일상은 안 봐도 유튜브일 것이다. 지금 내 모습이 그때와 똑같았다. 주식은 마감 시간이라도 있지 부동산 시세를 보는 것은 정말 한도 끝도 없는 일이었다. 주식처럼 손쉽게 지금 내 아파트를 팔고 다른 아파트를 살 수 있는 것도 아니고.

내가 이 아파트를 택한 이유를 다시 떠올려 보았다. 그렇다. 한 뼘이라도 넓은 곳에서 잘 먹고 잘 살려고. 미래가 아니라 지금 당장. 내 집도 아닌 서울 아파트에 시간을 저당 잡혀서 매일 이게 뭐 하는 짓인가. 현재로서 나의 최선은 이 집에서의 평화로운 일상을 지켜 나가는 것, 역시 그것뿐이다. 혹시 모르지, 그렇게 살다 보면 언젠가 이 동네에 전철역 개통이라는 호재가 생길지도.

내가 한눈에 반했던 야경.
내 집이 '똘똘한 한 채'는 아니지만 '괜찮은 한 채' 정도는 되지 않을까.

가계부 안 쓰는 신박한 절약법

"선생님, 적게 일하고 많이 버세요."

요즘 유행하는 덕담이다. 정말 그랬으면 좋겠다. 하지만 대부분의 사람이 일한 만큼도 못 번다. 한때 나는 '많이 일하고 많이 버는 삶'을 택했다. 다시는 그때로 돌아가고 싶지 않아서 '적게 일하는 것'을 최우선으로 삼고 있다. 적게 일하고 적게 버는 삶.

하지만 확연히 줄어든 수입을 보면 노후 걱정이 슬그머니 고개를 든다. 집을 마련했어도 역시 노후는 평생의 고민거리다. 방송작가는 오래 못 할 것 같고, 유튜브는 소소하고, 주식은 망했고, 로또는 또 꽝이다. 아, 어쩌란 말이냐 나의 노후!

궁리 끝에 내가 택한 것은 '적게 벌고 적게 쓰는' 전략이다. 이게 무슨 '싱거우면 소금 쳐라' 같은 소리인가 싶겠지만, 구체적으로 살펴보면 꽤 그럴싸하다. 나는 이 전략으로 1년에 천만 원 넘게 모으고 있다. 그 방법을 자세히 소개하겠다. (강력한 각성 효과를 위해 다소 극단적이고 강한 표현이 나온다는 점, 미리 양해를 구한다.)

1. 가계부를 쓰지 않는다

절약과 저축을 위해선 가계부가 필수 아닌가. 그렇다. 가계부를 써야 '돈의 흐름'이 보이고 어디서 돈을 아껴야 할지 알 수 있다. 하지만 나는 가계부를 쓰지 않는다. 그럼 도대체 돈의 흐름은 어떻게 파악한단 말인가. 그걸 파악할 필요조차 없을 정도로 적게 쓰면 된다. 나는 이제 더 이상 통장 잔고를 보며 '언제 이렇게 돈을 다 썼지?' 하고 놀라지 않는다. 돈을 어디에 어떻게 썼는지 다 기억하고 있으니까! 내 손바닥 안이니까! 대신 한 달에 한 번 지출 계획을 작성한다. 소비를 단순화하면 소비 패턴도 쉽게 파악할 수 있기 때문에 굳이 매일 가계부를 작성할 필요가 더더욱 없다.

〈○월 지출 계획〉

- 이번 달 월급 – 250만 원
- 고정 지출 – 대출 상환 34 / 관리비 10 / TV·통신비 3.5 / 핸드폰 요금 1.5 / 건강보험료 10 / 국민연금 7 / 식비 20 / 교통비 10 / 고양이 비용 10 / 유튜브 프리미엄 등 2 총 100~110만 원 (국민은행 계좌)
- 자유 지출 – 책값, 친구와 식사, 강연, 클라이밍 등 50만 원 (카카오 계좌)
- 저축 계좌 – 100만 원 (카카오 적금)

2. 나에게 선물을 하지 않는다

삭막한 인간이라 생각할지 모르겠다. 사실 나는 스스로에게 꽤 선물을 주는 편이었다. 작게는 예쁜 디저트부터 크게는 가구까지. 그런데 곰곰이 생각하니 '나에게' 주는 선물이라는 표현 자체가 이상했다. 선물의 사전적 의미는 '남에게' 주는 것이다. 사고 싶으면 그냥 사면 되지 굳이 자아를 분리해서 나에게 선물을? 선물이란 자꾸 받고 싶은 것이라서 당연히 돈을 자꾸 쓰게 된다. 일하느라 고생한 나를 위로하려고, 운동 열심히 했으니까, 연말이라서. 기준도 없이 기쁠 때든 슬플 때든 아무 이유나 붙여서 산다. 자체 실험 결과, 사고 싶을 땐 그냥 사는 게 돈도 덜 쓴다.

네이버 쇼핑에서 '나에게 주는 선물'을 검색해 보자. 99%가 여성을 겨냥한 것들이다. 이 무슨 알고리즘인가. 여성만 '나에게 주는 선물'에 몰두하는, 아니 몰두하도록 만든다는 사실은 나를 소름 끼치게 한다(내 남동생이 본인의 핸드폰으로 '나에게 주는 선물'을 검색해도 여성 겨냥 상품만 나왔다).

3. 내가 이걸 왜 사야 해?

정말로 사고 싶은 블렌더가 있었다. 그런데 가격이 60만 원이었다. 거듭 고민하다 결국 질러 버렸다. 아니, 내가 이 정도도 못 사? 허세가 뇌를 지배했다. 그렇게 산 물건이 수백 개는 된다. 하지만 이젠 아니다. 돈 버느라 우울증까지 맛봤던 경험 덕분이다.

지금은 이런 생각을 한다. 아니, 내가 이걸 왜 사야 해? 이거 사면 돈을 써야 하잖아. 그 돈을 모으려면 또 일해야 하잖아. 그만큼 더 일하면 내 시간을 빼앗기잖아. 그럼 또 고통받잖아. 고통받으면 '나에게 주는 선물'을 사게 되잖아. 안 돼.

물론 나 역시 소비의 유혹을 떨쳐 내기가 쉽지 않다. 특히 이케아라도 한 번 가면 돈을 마구 써버린다. 하지만 그렇게 자유 지출 비용을 쓰면 그 달은 읽고 싶은 책도, 클라이밍도 포기해야 한다는 걸 알기에 조금씩 균형을 찾아 가고 있다. 누군가는 묻는다. 이렇게까지 자신을 통제하면 괴롭지 않으냐고. 글쎄. 나는 '적게 벌고 적게 쓰기'가 나를 통제하는 게 아니라 소비로부터 자유로워지는 과정이라 믿는다.

나만의 소비 원칙들

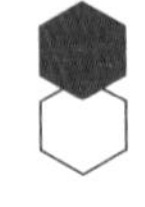

웬만하면 만족하자

돈을 많이 벌었을 때도 맘에 쏙 드는 물건을 찾는 건 아주 어려운 일이었다. 언제나 조금 넘치거나 부족했다. 맞춤 제작도 아닌 기성 제품에서 내 욕구를 완벽히 만족시킬 물건은 없다고 생각하자.

소비에 소요하는 시간은 30분 이하로

나에게 가장 소중한 것은 시간이다. 물건을 사는 일에 시간을 낭비하지 말자. 특히 인터넷 쇼핑을 할 땐 최저가나 무료배송을 검색하다가 많은 시간을 쓰게 된다. 배송비 신경 쓰지 말고 살 것만 빨리 주문하자. 하루라도 빨리 쓰는 게 이득이다.

살 땐 버릴 때를 생각하자

빈티지나 한정판 같은 지나치게 희소하거나 어렵게 구한 물건에는 집착이 들러붙기 마련이다. 그래서 버리기 힘들고 집에 물건이 쌓인다. 흔하고 쉽게 구할 수 있는 것들을 사자. 크고 무거운 제품도 웬만하면 피하자.

되팔 가치가 있는 것을 사자

소소한 것들이라도 중고나라에 올리고 거래하는 일은 많은 에너지와 시간이 필요하다. 웬만하면 되팔기 쉬운 것 위주로 사자. 책은 중고 서점에 되팔기도 쉽다. 아이패드 같은 것도 거래가 잘 되는 편이다.

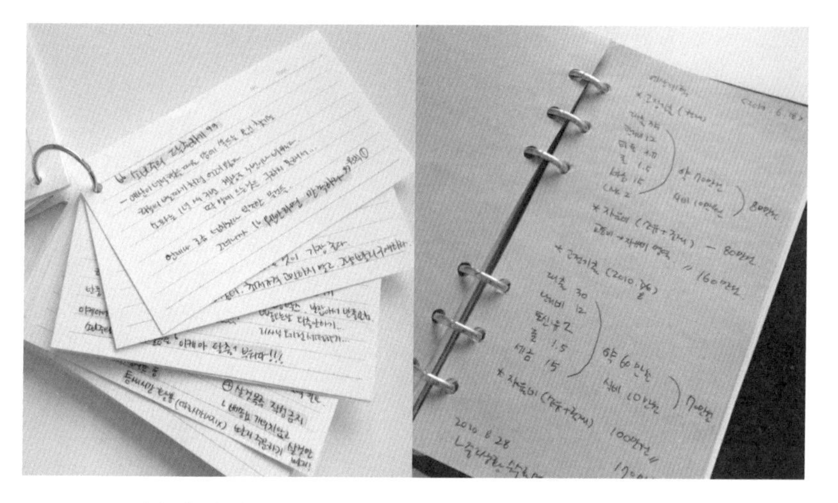

소비주의를 벗어나기 위한 기록들(왼쪽)과 월간 지출 계획(오른쪽).

잔챙이 소비 여러 번보다 큰 소비 한 번

돌이켜 보면 아무것도 남지 않는 자잘한 소비보다 뭐라도 확실히 남는 큰 소비를 하는 게 낫다. 여행을 가든, 비싼 장비를 사든, 차를 사든.

시간을 벌어 주는 소비에는 돈을 아끼지 말자

지하철을 타면 1시간, 택시를 타면 20분일 경우엔 약간 비싸더라도 택시를 탄다. 시간은 물론 체력까지 아낄 수 있다. 가사 노동을 덜어 주는 가전제품 구입도 시간을 벌어 주는 소비다.
아끼지 말자. 가장 좋은 걸로 사자.

무소유 주간

언제나 '사야 할 것' 목록을 가지고 있는 내가 이상하다는 생각이 들었다. 그 목록에는 '버터나이프'처럼 굳이 사지 않아도 되는 것들도 포함되어 있었다. 교통비 등 기본 지출을 제외하고 돈을 쓰지 않는 '무소유 주간'을 한 달에 한 번 가지기로 했다.

나는 아플 때 서재로 간다

내가 브이로그를 올릴 때마다 꼭 빠지지 않는 장면이 있다. 바로 집에서 책을 읽는 모습이다. 독서 모임에 참여하는 장면도 종종 나와서 꽤나 독서가처럼 보인다. 하지만 사실 나는 책과 거리가 멀어도 한참이나 먼 인간이었다. 1년에 책을 한 권도 안 읽는 성인이 10명 중 4명이나 된다는 통계가 있는데, 그중 한 명이 바로 나였다. 인터넷을 통해서도 충분히 많은 지식을 얻을 수 있는데 왜 꼭 책을 읽어야 하는지 이해할 수 없었고, 책을 안 읽으면 무식한 사람으로 취급하는 분위기도 싫었다. 시간이 갈수록 책과는 더욱 멀어졌다.

하지만 강유원은 《책과 세계》에서 이렇게 말했다. 병든 인간만이 책을 읽는다고. 내 직업을 지독히도 혐오했을 때, 다이어트 강박으로 고통받을 때, 소유에 몰두하며 스스로를 잃어갈 때, 그럴 때마다 책을 뒤졌다. 인터넷을 떠도는 토막글로는 더 이상 내 문제를 해결할 수 없다는 걸 알게 된 것이다. 모든 일을 그만뒀던 3개월 동안, 평생 읽어 왔던 책보다 더 많은 책을 읽은 것 같다. 10분 정도의 거리를 이동할 때도 책을 세 권이나 들고 나설 정도였으니까.

내가 이만큼 변할 수 있었던 것은 단언컨대 책의 영향이 아주 크다. 어떤 책은 내가 지금 왜 이렇게 아픈 것인지 알려 주었고, 어떤 책은 앞으로 어떻게 살아야 할 것인지 고민하게 했다. 때로는 따뜻한 위로가 되어 주기도 했다. 시의적절한 책은 약보다 신통하다. 아픈 이들에게 딱 맞는 책을 처방해 주는 약국이 있다면 좋겠다.

"아침에 열 쪽, 정오에 또 열 쪽.
그리고 자기 전에 스무 쪽 읽으세요."
남자가 고개를 위아래로 크게 끄덕이더니
겨드랑이에 책을 끼우고는 사라졌다.
– 카를로 프라베티, 《책을 처방해드립니다》

○

똥 블랙홀이 되어 나를 환장하게 했던 드레스룸을 서재로 바꿨다. 이름도 붙여 주었다. 무려 '방구석 독립서점 캣서재'이다. 옷이 뒤엉켜 있던 선반은 이제 책으로 차곡차곡 채워지고 있으며 고양이들의 캣타워로도 활용하고 있다. 나름 미니멀라이프를 지향하지만 책에 관해서 만큼은 쉽지 않다. 더 많은 책을 갖고 싶다. 게다가 책은 다른 물건들처럼 정리나 관리에 공을 들이지 않아도 된다. 아무렇게나 널브러져 있어도 아름다운 것 두 가지, 바로 책과 고양이다. 그리고 무엇보다 멋지다. 드레스룸 대신 서재가 있는 집이라니.

작년 여름, 엄마가 위암으로 시한부 선고를 받았고 올여름 세상을 떠났다. 엄마의 죽음을 어떻게 받아들여야 할지 몰랐다. 처방이 필요했다. 서재로 향했다. 하지만 나에겐 죽음이나 애도와 관련한 책이 거의 없었다. 어떤 책을 읽어야 이 마음을 달랠 수 있을까. 몇 권의 책을 주문해서 읽어 보았다. 읽는 내내 눈물이 멈추지 않았다. 더 읽을 수가 없었다.

며칠 뒤 우리 집에 택배 하나가 배달됐다. 뭔가를 주문한 기억이 없는데…. 편집자님이 보내온 것이었다. 요시타케 신스케의 《이게 정말 천국일까?》라는 그림책과 손편지가 들어 있었다. 글을 읽기 힘든 상태가 아닐까 하는 마음에 그림책을 보내 주신 것이다. 편지에 쓰여 있는 날짜는 공교롭게도 나의 생일이었다. 마음을 조심스레 어루만져 주는 소중한 책을 처방받은 기분이었다.

지금 내 서재에는 '엄마의 죽음'과 관련한 책들이 조금 늘어 있다. 책장 한구석에 조금 엄숙한 느낌으로 자리

잡고 있다. 편집자님이 보내온 그림책은 크기가 좀 커서 다른 책들보다 조금 튀어나와 있다. 그걸 가만히 보면 그 날의 기억이 톡 튀어 올라 가슴이 뭉클해진다.

욕조의 위로

내가 스트레스를 푸는 방법 중 하나는 따뜻한 물을 채운 욕조에 들어가 컵라면을 먹으며 책을 읽거나 웹툰을 보는 것이다. 종이책을 읽으면 꼭 물방울이 튀어 책이 우글우글해진다. 그게 싫어서 되도록 전자책을 읽는다. 어느 정도 시간이 지났다 싶으면 적당히 길들여진 나의 흰색 때수건으로 발등부터 시작해 목뒤까지 살살 밀어 준다. 뽀득해진 피부를 만지면 기분이 개운하다. 배스밤으로 풍성하게 거품을 내고 샴페인 한 잔을 곁들인, 꽤 느끼한 목욕도 해봤지만 역시 내가 찾아낸 방법이 가장 좋다.

욕조에서 라면을 먹게 된 사연이 있다. 처음 방송작가를 시작했을 때, 한 달 내내 휴일도 없이 출근했던 적이 있었다. 이틀이나 연달아 밤을 새고서야 모든 것이 마무리되었다. 집으로 향하는 길에 씻고 싶고, 먹고 싶고, 자고 싶은 충동이 한꺼번에 몰려왔다. 씻는 것과 먹는 것은 동시에 할 수 있을 것 같았다. 샤워기의 물줄기를 등으로 맞으며 컵라면을 허겁지겁 먹었는데 그렇게 꿀맛이었다. 그리고 그게 마지막이었다. 더 버티지 못하고 그곳을 때려치웠기 때문이다. 새집에 욕조가 생기자 그 안에서 컵라면을 먹어 보고 싶어졌다. 이번엔 느긋하게. 그때만큼의 꿀맛은 아니었지만, 나쁘지 않았다. 라면도 불어야 하고 나도 불어야 하니, 어쩐지 하나의 의식 같은 기분도 들고.

집을 리모델링하기 전, 인테리어 가게 사장님은 요즘은 욕조를 설치하지 않는 추세라며 샤워부스를 추천했지만, 나는 망설임 없이 욕조를 택했다. 욕조가 없는 14년의 세입자 인생은 각질 제거를 못 한 발뒤꿈치마냥 거칠고 건조했으므로. 화이트 인테리어처럼 욕조 역시 지난 세월에 대한 한풀이인 셈이다.

내가 이사를 다녔던 집에는 하나 같이 욕조가 없었다. 아… 따뜻한 물에 몸 좀 담가 봤으면…. 물론 바쁜 현대인이 그 안에서 때를 불릴 시간이 얼마나 되겠느냐마는, 욕조가 없는 집은 삶에서 여유란 것을 아예 제외해 버린 것만 같다. 반대로, 욕조가 있다면 언젠가는 여유를 누릴 가능성을 늘 품고 있는 것이다.

못내 아쉬운 마음에 인터넷 쇼핑몰에서 이동식 욕조를 주문한 적이 있다. 예상보다 큰 사이즈였다. 원룸의 좁은 욕실에 겨우 욕조를 욱여넣고 따뜻한 물을 채워 몸을 뉘자 하루의 피로가 사르르 녹았다. "크으으…." 중년 남성들이 탕에서 낼 법한 소리로 감탄했다. 그런데 이후가 문제였다. 그냥 놓아두면 변기를 사용할 수 없어서 세로로 세워 둬야 했는데 그게 여간 흉물스러운 게 아니었다. 물때와 곰팡이가 수시로 생겼다. 결국 제대로 써보지도 못하고 재활용 딱지를 붙여 내놓아야 했다.

엄마가 세상을 떠났을 때, 내가 마음껏 울 수 있는 공간도 다름 아닌 욕조였다. 욕조 안에서 엄마를 부르며 한참을 울었다. 세게 틀어 둔 물소리 덕에 조금 더 크게 울 수 있었고, 두 다리로 버티지 않고 주저앉아 울 수 있었다. 침대에서 울면 베갯잇에 얼룩이 남지만, 욕조에서 울면 물과 함께 흘러가 어떤 흔적도 남지 않는다. 몸을 감싸는 적당히 따뜻한 물이 조금은 위로가 된다.

고양이들은 세면대 위에 올라가 욕조에 몸을 담근 채 늘어져 있는 나를 언제나 신기한 듯 바라본다. 물을 끔찍이도 싫어하는 이 녀석들은 인간이란 참 별짓을 다 하는 존재라 생각하는 게 분명하다. 고양이들의 시선을 받으며 패닉의 〈달팽이〉를 흥얼거려 본다. 좁은 욕조 속에 몸을 뉘었을 때 작은 달팽이 한 마리가…. 역시, 달팽이가 '샤워부스'로 찾아오는 것은 별로 감동적이지 않다.

최소한의 것으로 최대한의 만족을

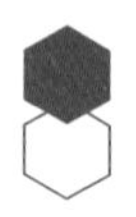

샴푸와 만능 물비누

린스는 아웃. 샴푸 하나만 쓰고 있다.
닥터우즈 블랙솝 하나로 세안과
샤워는 물론 욕실 청소까지 한다.

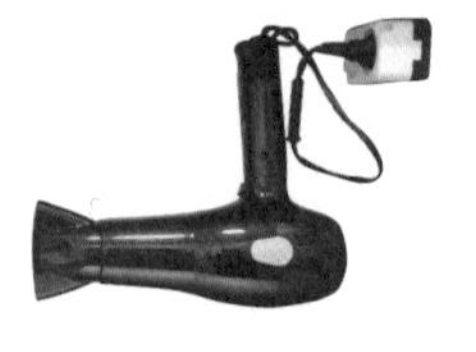

수납장 안 콘센트

리모델링할 때 요청한 부분.
덕분에 훌륭한 드라이어 수납 완료.

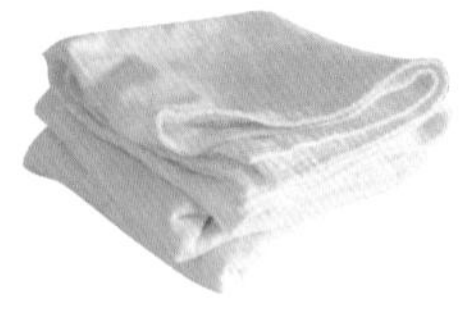

수건은 소창 행주

먼지가 많이 나지 않고 오래도록
사용 가능하다. 예전엔 수건을 1년도
안 돼서 바꾸곤 했다.

항상 물기 제거하기

샤워 후에는 스퀴지로 항상 물기를
제거한다. 물때가 끼는 것과
눅눅함을 방지할 수 있다.

꺼내 놓고 쓰는 욕실 용품은 이게 전부다. 깔끔한 욕실을 보면 기분이 더욱 개운하다.

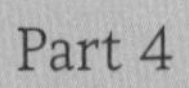

Part 4

가족을 찾아서

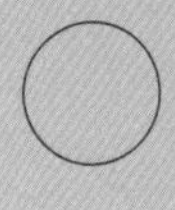

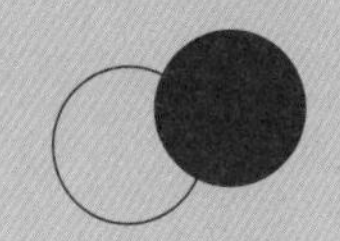

비혼이라면 모든 걸 혼자서 해결해야 하는 걸까?
이 세상의 비혼들은 어떻게 먹고,
어떻게 돈을 모으고, 어떻게 인간관계를 이어 가는 걸까?

말 한마디도 안 하고 지나가는 '무언의 날'이 점점 늘고 있었다.
이제라도 점을 이어 선으로 만들어야 할 때였다.

온전히 독립적이면서도 때로는 함께하는 삶을 위해,
나만의 느슨한 가족을 찾아 나섰다.

나 오늘 한마디도 안 했네?

엄마가 아팠던 1년 동안은 아빠 차를 타고 병원을 오가면서 많은 이야기를 했다. 작은 차 안에서, 평생 했던 대화보다 더 많은 대화를 나눴다. 주된 이야깃거리는 역시 결혼이었고, 나는 그때마다 〈100분 토론〉에 출연한 정치인처럼 눈을 부릅뜨며 한마디도 지지 않고 반박했다.

"남자 여자가 만나서 결혼해서 사는 게 자연의 섭리라니까?"
"결혼이 무슨 자연의 섭리야, 가부장제가 만든 발명품이지."
"가부장제 같은 소리 한다! 서로 희생하고, 양보하고! 그렇게 사는 거지!"

"더 희생하고 양보하는 쪽에선 그렇게 말 안 합디다."

"아이고~ 답답하다, 답답해!"

복장 터져 하는 아빠를 보며 의기양양했다. '결혼이냐, 비혼이냐' 드라이브 토론회는 오늘도 나의 승리로 마무리되는구나 싶었는데, 한참 후 아빠가 다시 말을 꺼냈다.

"야, 세상에 너 혼자 점으로 '콕' 남는데 이상하지 않나?"

무슨 말에도 0.001초 내로 반박하던 내가, 그 말을 듣자 멈칫하고 말았다. 내 마음속 깊은 곳에 있던 불안감을 아빠가 정확히 찌른 것이다. 그것은 말 그대로 혼자 점으로 남는 것, 바로 '사회적 고립'이었다.

20대 때는 나름 인간관계가 풍족했다. 큰 노력을 기울이지 않아도 대학, 동아리, 알바처 같은 다양한 조직 속에서 수많은 사람을 만났고 그 관계들이 선처럼 연결됐다.

하지만 30대로 접어들면서 그 선은 뚝뚝 끊어지며 점선이 되기 시작했다. 단조로운 인간관계를 벗어나기 위해 직장인반이 있는 영어 학원이나 취미 동호회를 기웃댔지만 그때뿐이었다.

그래도 별다른 위기감은 없었다. 사람들이 인간관계를 위해 노력하는 것을 '불필요한 인맥 관리'라고 치부했고, 친구들이 얼굴 좀 보자며 연락하기 전까진 도통 먼저 연락하는 법이 없었다. 갈등이 생긴 사람들과는 무 자르듯 관계를 끊어 내기도 했다. 심지어 가장 친했던 친구와 가족에게도 그랬다. 대화로 해결하거나 상대방을 이해하려 노력하는 것은 수고스럽고 부질없다고 생각했다. 그때의 나는 '관은 1인용'이라거나 '어차피 인생은 혼자'라는 말을 진리처럼 신봉했었으니까.

하지만 내가 집과 직장에서 고립을 겪고 나니, 내 고충을 털어놓고 이야기할 사람이 없다는 것이 얼마나 위험한 것인지 깨닫게 됐다. 고립은 죽음과 닮았구나. '인생은 혼자'라는 쉽고 달콤한 말이 사실은 아주 위험한 독이구나. 하지만 그걸 알아차렸을 때 내 인간관계는 이미 점선에서 점으로 수렴하고 있었다. 아빠의 말처럼, 콕.

'비혼 여성이라면 무엇이든 스스로 해내야 한다'라는 강박적 생각 역시 나를 더욱 혼자로 만들었다. 내 평생 한 번 있을까 말까 한, 내 집 마련이라는 거사를 치를 때도 모든 일을 혼자서 처리했다. 부모님은 "우리가 한 번 올라가 봐야 하는 것 아니냐"라며 걱정했지만 이 정도는 혼자서도 할 수 있다고 자신만만해했다. 돌이켜 생각해보면 왜 그렇게까지 혼자서 아등바등했나 싶다. 그냥 부모님께 와달라고 했더라면 얼굴도 한 번 보고 마음도 든든했을 텐데.

평소와 다름없는 주말, 느지막이 일어나 아침 겸 점심을 먹고 소파에 누워 빈둥대다가 밀린 집안일을 해치우고 낮잠을 잤다. 배가 고파질 즈음 다시 일어나 저녁을 먹고, 고양이들과 한바탕 놀고 나니 어느새 잘 시간이었다.

침대에 누워 읽던 책을 한 장씩 넘기는데 뭔가 허전했다. 빨래도 하고 청소도 했는데…. 아 참, 그러고 보니….

"나 오늘 한마디도 안 했네?"

결국 이 말이 오늘 처음 한 말이자 마지막으로 한 말이 되고 말았다. 처음엔 대수롭지 않게 여겼던 '무언의 날'이 점점 늘어 간다. '고립'의 악몽이 떠오르며 오싹해진다. 이대론 안 된다. 책을 덮었다. 이제라도 점을 이어 선으로 만들어야 한다. 나의 작은 아파트에서 새로운 고민이 시작되었다. 온전히 독립적이면서도 때로는 함께하는 삶을 위해, 나만의 느슨한 가족을 찾아야 했다.

판타스틱 페미니스트 월드

요즘 네이버 웹툰에서 〈정년이〉를 열심히 보고 있다. 1950년대 큰 인기를 끈 여성국극을 소재로 한 만화인데 상당히 페미니즘적이다. (참 다행이다. 이런 초대형 플랫폼에 이런 만화도 있어서.) 그 덕에 여성국극을 다룬 영화 〈왕자가 된 소녀들〉까지 보게 됐다. 혈기 왕성했던 배우들은 이제 머리 희끗한 할머니가 되었지만, 국극을 향한 열정만큼은 여전히 뜨거웠다. 세상 사람들이 국극을 잊었을 때에도 그들은 몇십 년 동안이나 꾸준히 만남을 이어 간 것이다.

서로 손을 잡고 노래를 부르며 맛있는 것을 나눠 먹는

그들의 모습은 여성국극 세계의 가족처럼 보였다. 국극의 흥망성쇠가 궁금해서 본 영화인데 뜬금없이 그 장면에서 눈물이 났다. 하나의 열정으로 그토록 오랫동안 관계를 이어 갈 수 있다는 것이 너무나 부러웠다.

나에게도 하나의 열정이 있다면 그건 페미니즘이 아닐까. 여성운동 활동가로 뛰어들 정도는 아니지만, 적당한 사회생활을 위해 '나쁜 페미니스트(완벽하지 못한 페미니스트를 의미한다. 록산 게이의 책 《나쁜 페미니스트》에 나오는 개념이다)'로 살고 있지만, 이것이 절대 꺼지지 않을 불씨인 것만은 확실하다. 나와 비슷한 생각을 가진 여성들을 만나고 싶어졌다. 그들을 어디에서 찾을 수 있을까. 일단 소모임 앱에서 '페미' '비혼' 등을 검색했다. 하지만 그런 모임은 없었다. 한동안 잊고 지내다가, 연일 터지는 사건들에 답답한 마음이 솟구쳐 다시 검색해 봤다. 이번엔 두 개의 모임이 나왔다! 설레는 마음으로 하나씩 눌러 보았다.

〈건전한 2030 친목 모임〉

함께 스터디/치맥/영화/드라이브하며 친목 다져요.

남자 회원은 마감, 여성 회원은 계속 모집 중~

외모는 기본만 하시면 됩니다. 페미는 절대 가입 불가!

왜 쓸데없이 '페미'란 단어를 넣어서 검색에 걸리게 하는가. 외모의 기본이란 대체 무엇인가. 왜 남자는 벌써 마감이고 여자는 늘 부족한가. 여러모로 기분이 구려졌지만, 마음을 가다듬고 다음 모임을 눌러 보았다.

〈30대 비혼 여성 모임〉

페미니즘, 비혼, 비출산. 30대 여성만.

가입 조건: 카카오톡 오픈 채팅방에서 주민등록증 인증.

바로 이 모임이다! 주민등록증 사진을 채팅방에 올리면서 혹시라도 사기면 어쩌나 걱정도 됐지만, 다행히 곧장 정식 회원으로 승인되었다. 이미 30여 명 정도가 가입한 상태였다. 신기했다. 우리가 모두 페미니스트라니! 단톡방에선 늘 여성 이슈에 대한 이야기를 나눴고, 함께 등산을 가거나 집회에 나가기도 했다. 그리고 '우리끼리 모여 살면 참 좋겠다'는 이야기를 아주 많이 나눴다.

경기도 어디가 땅값이 싸대요. 거기다 건물 지어서 모여 삽시다. 저는 2층을 쓸게요. 집 앞에 텃밭도 만들면 어떨까요. 고양이 데려와도 되죠? 우리들만의 판타스틱 페미니스트 월드. 노브라에, '페미니스트'라고 적힌 티셔츠를 입어도 아무 일도 일어나지 않는 세상.

그런데 소모임이 반년쯤 지나며 만남도 줄어 갈 무렵, 운영자가 돌연 '개인 사정'을 이유로 짧은 인사만 남긴 채 단톡방을 나가 버렸다. 대체 무슨 일이냐고 물어볼 틈도 없이. 그러자 소모임이 빠르게 붕괴되기 시작했다. 그동안 즐거웠다며 하나둘 단톡방을 떠났다. 사실은 나도 조금씩 한계를 느끼고 있던 참이었다. 하나의 열정 아래에 모였지만 각자의 삶의 방식도, 성격도 많이 달랐으니까. 무엇보다 '현생'을 살아가야 했다. 그렇다고 해도, 이상 세계를 함께 꿈꿨던 이들이 너무나 쉽게 떠나가는 것을 보는 건 가슴 아픈 일이었다.

그럼에도 나처럼 끝까지 남은 이들이 여섯 명은 있었다. 우리는 모임을 없애지 않고 독서 모임으로 바꿔 한 달에 한 번 책을 들고 모였다. 그리고 우리의 경제적 현실에 좀 더 집중했다. 나를 포함한 두 명의 회원은 집이 있었다. 자연스럽게 집과 재테크에 관한 이야기를 많이 나누게 됐고, 그 영향으로 한 회원은 성북동의 빌라를 샀다! (역시 집을 산 여성이 주변에 있으면 내 집 마련에 속도가 붙는다. 야, 너두 할 수 있어!)

망할 것 같았던 이 모임도 어느새 3년 차로 접어들었다. 〈왕자가 된 소녀들〉 속 주인공들처럼 밀도 있는 관계는 아니지만, 적당히 느슨한 이런 관계도 꽤 괜찮다는 생각이 든다. 특히 페미니즘 이슈가 활화산처럼 폭발하던 시기—낙태죄 폐지, 웹하드 카르텔, 탈코르셋, 미투 운동 등—를 함께 지나오고 있다는 것도 큰 위로와 힘이 된다.

코로나19 때문에 우리 독서 모임은 잠정 중단된 상태다. 여성들에게 그 어느 때보다 '현생'이 중요한 시기니까. 부디 이 위기를 무탈하게 넘기고 우리의 만남이 좀 더 오래 이어졌으면 하는 바람이다.

잼 뚜껑 하나에 남자를 떠올리다니

나는 그저 식빵에 잼을 발라 먹으며 허기를 달래고 싶었을 뿐이다. 하지만 아무리 힘을 줘도 열리지 않는 잼 뚜껑이 야속했다. 딸기잼보다 새빨개진 손바닥을 바라보다가 나도 모르게 이런 생각을 하고 말았다.

'이럴 때 집에 남자가 있었더라면.'

아…. 겨우 잼 뚜껑 하나에 남자를 떠올리다니. 집에는 응당 남자가 있어야 한다는 낡은 신화가 아직도 내 안에 살아 있었던 것일까.

혼자 살아오면서 남자의 도움을 떠올렸던 순간이 적잖이 있었다. 정체 모를 남자가 자취방 안을 들여다봤을 때, 관리인이 초인종도 누르지 않고 현관문 손잡이부터 돌릴 때, 야식 배달원이 눈을 굴리며 집 안을 살필 때. 그렇게 우리의 현관에는 '남자의 신발'이 가지런히 놓이게 된다. 혼자 사는 여자라는 것을 들켜선 안 되니까. 실존하는 나보다 신발 한 켤레가 더 위력적일 수 있다는 사실에 쓴웃음이 나온다.

집에 남자 물건을 하나 놔두라고 당부했던 엄마의 얼굴이 떠오른다. 암 투병을 하느라 살이 35kg까지 빠진 엄마는 이 잼 뚜껑을 절대 열 수 없을 것이다. 혼자 지내는 어린이와 노인, 장애인 들은 이 뚜껑을 열 수 있을까? 왜 잼 뚜껑 하나조차 모든 이들에게 쉽게 열리지 않을까? 그리고 나는 왜 그렇게 쉽게 남자를 떠올렸을까. 마치 다른 방법은 존재하지 않는다는 듯이. 이 세상이 얼마나 '하나의 길'만을 강요해 왔는지 실감한다. 한편으론 이런 생각도 든다. 남자들은 혼자 살다가 어떨 때 여자를 떠올리는지. 남이 차려 주는 따뜻한 밥이 먹고 싶을 때? 누군가 다려 준 옷을 입고 출근하고 싶을 때? 에이 설마. 남들처럼 안정적인 가정을 이루고 싶을 때겠지.

잼 뚜껑을 열기 위한 다른 방법들을 생각해 보았다. 친구와 함께 잼 뚜껑을 여는 건 어떨까. 안 열리는 병뚜껑이 있을 때 내 주변 여자들 중 누군가는 끝내 그걸 열었다. 잼 뚜껑이라고 여자가 못 할 일은 아니지 않은가. 잼 뚜껑 좀 안 열린다고 별 호들갑을 다 떤다고 생각할지도 모르겠다. 그럼 잼 뚜껑 대신 주택이라고 생각해 보자. 친구와 함께 주택을 사는 건 어떨까. 잼 뚜껑은 하나의 비유다. 여자들이 맞닥뜨리는 꽉 막힌 문제들에 대한.

항상 친구와 함께 잼 뚜껑을 열어 온 사람이 있다. 같이 일하는 선배 Y다. 어느 날 그가 퀭한 얼굴로 출근했다. 원인은 윗집의 소음이었다. 그는 일이 끝나자마자 키보드를 내리치며 윗집에 보낼 호소문을 썼고, 그렇게 완성된 글은 나의 심금을 울리기 충분했다. 하지만 그런 호소문에 윗집은 심기가 거슬렸는지 더 쿵쿵댔다. 경비실에 이야기해도, 시청에 문의해도 소용이 없었다. 소음 때문에 옆집에 사과를 갖다 바쳤던 과거가 떠올라 나까지 열을 받았다. 하, 역시 남자를 대동하고 찾아가는 수밖에 없는 걸까.

선배 Y를 위해 윗집에 올라간 사람은 다름 아닌 선배의 절친한 친구였다. 성수동에서 일산까지 한걸음에 달려와 세 명이나 되는 윗집 남자들에게(대체 왜 윗집에서 천지가 개벽하는 소리가 났는지 알겠다) 소음을 자제해 달라고 정중히 요구했고, 관리소장에게서 층간 소음 발생 시 모든 조치를 취하겠다는 약속까지 받아 낸 것이다.

그런데 선배가 다시 퀭한 모습으로 출근했다. 또 윗집 놈들이 쿵쿵대냐고 물었더니 그게 아니란다. 성수동 친구가 운영하는 식당의 알바생이 펑크를 내는 바람에 선배가 또 일산에서 성수동까지 달려가 마감 때까지 알바를 대신해 주느라 다크서클이 턱 밑까지 내려온 것이었다.

선배의 인상적인 친구 관계는 이뿐만이 아니었다. 그는 육아 때문에 외출이 어려운 친구를 만나기 위해 항상 먼 곳에 사는 친구의 동네까지 찾아갔다. 매번 선배가 움직여야 하니 불편하지 않으냐고 묻자, 전혀 그렇지 않다고 했다. 그 친구와 만날 수 있는 시간은 아주 짧아서, 그런 걸 따지면 소중한 시간이 흘러가 버린다면서.

나는 한때 '페미니즘 세계관' 안에서만 친구를 사귈 수 있을 것이라 확신한 적이 있었다. 친구들과의 대화가 소모적인 논쟁으로 번지는 게 더는 싫었다. 그래서 여성 이슈를 놓고 번번이 의견이 달랐던 선배와도 결코 친해질 수 없을 것이라 생각했다. 하지만 이제 나의 '인간관계 롤모델'이자 절친이 된 선배를 보면 내 생각이 얼마나 어리석었는지 반성하게 된다. Y 선배는 자신과 생각이 다르다는 이유로 나처럼 선을 긋지 않았기에 그런 인간관계가 가능했던 것이다.

어느 날 선배가 젓갈 반찬을 나눠 주었다. TV 프로그램

〈나 혼자 산다〉에서 유아인이 먹는 걸 보고 너무 맛있어 보여서 따라 샀다고 했다. 얘가 요새 참 멋있다며. 유, 유아인이요? 나는 살짝 흠칫하면서도 보랭 가방에 아이스 팩까지 넣어 정성스레 포장한 젓갈들을 보며 이내 감동하고 말았다. 선배의 추천대로, 이 젓갈들을 누룽지와 함께 '유아인식'으로 먹어 보는 것도 나쁘지 않을 것 같다.

동네 친구 디오니소스

드디어 나에게도 동네 친구가 생겼다! 방송 일을 하며 알게 된 작가 M을 설득해 우리 동네로 이사 오게 했다. M은 원래 서울시 동작구 흑석동의 주민이었다. 그 동네에서 10년 넘게 사는 동안 재개발이 이뤄졌고, 몇 년 전부터 사려고 점찍어 둔 18평 아파트의 가격이 두 배가 넘게 뛰어오르는 것을 목격하고 큰 상처를 받았다. 게다가 살고 있던 빌라의 주인이 전세금을 2천만 원이나 올리는 바람에 결국 서울을 떠나기로 결심한 것이다.

워낙 친구가 많고 사교성 좋은 그가 새로운 전셋집을 찾는다는 소문이 퍼지자, 주변인들은 자신의 동네에 M을 끌어들이기 위해 각종 유치전을 펼쳤다. 나 역시 우리 동네가 얼마나 쾌적하고 평화로운지, 서울에 나가기는 얼마나 편리한지, 조만간 주변에 스타벅스가 생긴다는 소소한 정보까지 들이밀며 설득 작업에 나섰다. M은 "네가 아파트를 샀으면 그만큼 괜찮은 동네일 거야"라며 마침내 우리 동네로 이사를 왔다. 그것도 같은 아파트, 같은 동으로!

"친구랑 이렇게 가까이서 사는 거 대학교 이후로 처음인 듯."
"그러게 우리 종이컵 전화기도 가능한 거 아니냐. ㅋㅋㅋ"
"야, 이제 카톡 말고 종이컵 전화기 쓰자. ㅋㅋ"

농담으로 시작한 이야기인데 우린 종이컵 전화기에 꽤나 진지해졌다. 하지만 각자 살고 있는 라인이 달라서 종이컵을 전달하기가 애매하고, 무엇보다 이웃들을 고려해 이 연락 방식은 고이 접어 두기로 했다. 성인 여자 둘이 창가에 붙어서 종이컵을 입과 귀에 대고 낄낄대는 광경이란 누가 봐도 희한할 것이 틀림없기에. 그래도 종이 컵 전화기를 포기한 게 아주 약간, 아주 조금 아쉽다. 나는 왜 멀쩡한 카톡을 두고 아날로그적인 소통 방식에 꽂혔을까. 아마 '동네 친구'라는 것이 주는 향수 때문이 아닐까 싶다.

기억을 더듬어 보면 나의 가장 친한 친구는 동네 친구였던 S이다. 우리는 각자의 집으로부터 중간 지점인 놀이터에서 만나 밤이 새도록 이야기를 나누곤 했다. 그걸로도 부족해서 헤어질 때도 뒤로 걸으며 얼굴을 마주 보고 여러 차례 안녕을 외쳤다. 서로의 귀갓길이 안전하길 기원하면서. 돌이켜 생각하면 기적 같은 일이다. 울고 싶을 때가 차고 넘쳤던 그 시절, 언제든 만나 이야기를 나눌 사람이 있었다는 것은.

하지만 일을 중심으로 인생이 돌아가면서 동네 친구라는 것은 자연스레 사라졌다. 그리고 동네 밖 친구를 만나기 위해선 다소 많은 절차가 필요했다. 무슨 요일이 최선일지, 위치는 어디가 합리적일지, 그리고 무엇을 먹어야 후회하지 않을지. 어렵게 시간을 맞춰도 그놈의 일 때문에 약속이 너무 쉽게 깨지기도 한다. 어쩔 수 없다는 걸 알지만 가끔은 힘이 쭉 빠진다. 그런데 이런 절차가 필요 없는 동네 친구가 다시 생긴 것이다. 그것도 30대에.

혼자 집에서 시간 보내기를 좋아하는 나와 달리 M의 집에는 항상 친구들이 끊이지 않았고, 양문형 냉장고는 코스트코에서 사 온 풍부한 식재료와 신선한 과일, 각종 주류로 가득했다. M은 집에 놀러 온 친구들을 부지런히 먹였다. 그의 그릇 취향은 매우 고풍스러워서, 거기에 담긴 음식을 보고 있으면 그리스 로마 신화가 떠올랐다. 그렇다면 M은 술과 축제의 신 디오니소스가 딱이지 않은가. 게다가 식용 가능한 식물까지 키우기 시작해서 그가 차려 주는 음식에는 각종 허브가 빠지지 않았다. 그것들은 또 어찌나 잘 자라는지 갈 때마다 무성하게 자라난 허브를 보면 화들짝 놀랄 정도였다. 정말 신화 속 인물의 풍모랄까.

가까운 거리만큼 우리가 너무 가까워져서 내 생활 패턴이 깨지지는 않을지 살짝 걱정스러운 마음도 들었지만 쓸데없는 걱정이었다. M은 이 동네에 이사 왔어도 여전히 친구들과의 약속이 끊이질 않아서, 내가 M을 만날 기회는 아주 가끔씩 돌아왔다. 덕분에 나는 평소와 다름없는 일상의 균형을 유지하면서 예전보다 훨씬 다채로운 나날을 보내게 되었다.

예를 들면, 일상에서 급히 필요한 물건들을 아주 빠르게 손에 넣을 수 있었다. M은 새로운 수납장을 조립하고 싶어 했고, 나는 전동 드라이버를 빌려주었다. 나는 장바구니 카트를 사고 싶어 했고, M은 무조건 큰 것을 사라고 조언하며 자신의 카트를 시범 사용하도록 빌려주었다. 식생활과 관련한 물물교환도 많아졌다. 나는 치킨의 다리를, M은 가슴살을 좋아해서 치킨을 시키면 항상 M에게 가슴살을 나눠 준다. M 역시 수박이나 유명 베이커리에서 사 온 빵 등을 수시로 우리 집에 공급했다. 그렇게 우리는 서로의 '쿠팡', '배달의 민족'이 되었다.

무엇보다 이 지독한 코로나19 시대에 동네 친구가 있어 얼마나 다행인지 모른다. 재택근무를 하다 답답해지면 '산책 콜?'이라고 카톡을 보낸다. 예정된 만남들이 전부 무산된 지금, 이 친구마저 없었다면 나의 인간관계가 점으로 무한수렴하다 콩벌레로 변했을지도 모를 일이다. 2년이 지나면 M의 전세 계약도 끝이 난다. 그가 우리 동네를 떠난다고 생각하면 벌써부터 아쉬움이 밀려오지만, 남은 시간 동안은 '동네 친구의 기쁨'을 맘껏 즐겨 볼 참이다. 늦은 저녁 동네를 산책하고, 동네 맛집을 발굴하고, 무언가를 열심히 주고받으면서.

4인용 테이블을 들이다

자취를 시작하면서 친구들을 원 없이 데려왔다. 방 꼴이 엉망인 날엔 일부러 친구들을 초대해 그걸 동력 삼아 대청소를 하기도 했다. 시간이 늦어지면 남는 이불을 꺼내 그들이 자고 갈 수 있도록 했고, 아예 내 자취방으로 3박 4일 정도 휴가를 오는 친구도 있었다.

"자냐?"
"아니."

우리는 누워서도 쉽게 잠을 이루지 못했다. 나누고 싶은 이야기가 여전히 많았기 때문에. 오늘 있었던 사소한 일부터 우리가 어떻게 처음 만나 친구가 됐는지 하나하나 짚어 보며 밤을 새웠다. 이런 일들은 내 삶에서 자연스러운 일상이었다. 하지만 일이 삶의 중심이 되면서 이런 나날들은 점점 줄어들었고, 친구들을 내 집에 재우는 것은 거창한 이벤트가 되고 말았다. "자냐?" 자네…. 예전처럼 밤새 시시콜콜 이야기를 나눌 시간도 힘도 없었다. 친구들 역시 마찬가지였다. 그 후로는 '중간 지점'에서 잠깐 만나 한 끼 식사를 하고 커피를 마시며 서로의 안부를 묻는 게 최선이 되었다.

그러다 내 집을 마련하게 되면서 다시 친구들을 집으로 불러들였다. 친구들은 하나둘 집들이 선물을 사 들고 먼 곳에서도 우리 집까지 찾아와 주었다. 그땐 아직 테이블도 없어서 거실 바닥에 신문지를 깔고 배달 음식을 시켜 먹곤 했다. 왜 이 동네를 선택했는지, 대체 집은 왜 이렇게 하얀 것인지, 시간 가는 줄 모르고 이야기를 나눴다. 그런데 친구들이 오고 가는 사이, 내 마음속에선 묘한 공허함이 싹트기 시작했다. 함께 먹었던 음식의 냄새,

TV에서 새어 나오던 빛, 친구들의 웃음소리가 이 공간에 그대로 스며들어 있는데 나 혼자 덩그러니 남겨진 느낌이었다. 집에 친구를 데려온 것이 너무 오랜만이었기 때문인 걸까. 어쩌면 나는 외로움을 느끼지 않는 사람이 아니라 그저 외로움에 익숙한 사람이었는지도 모른다. 내 공간에서 이런 감정을 느끼는 것이 어쩐지 좀 억울했다. 그때부턴 아예 친구들은 밖에서만 만나기로 했다. 가구나 살림도 딱 나 한 사람만 쓸 것을 샀다. 그렇게 1인용 소파 테이블을 들였다.

그러던 중, 페미니즘 독서 모임에서는 '남의 집 거실'에 모여 집주인과 취향을 공유하는 플랫폼인 '남의 집 프로젝트'가 연일 화제를 모았다. 우리도 이렇게 한번 해보자는 의견이 모였다. 나는 다른 회원들의 집에서 신나게 먹고 마시며 떠들었다. 그리고 마침내 내 차례가 찾아왔다. 어쩌다 보니 우리 집에서 새해맞이 '떡국 번개'를 하게 되었다. 사실은 최대한 미루고 싶었는데 흔쾌히 거실을 내줬던 회원들을 떠올리니 어쩐지 그럴 수가 없었다. 문제는 우리 집에 숟가락과 젓가락이 한 벌뿐이라는 것이었다. 그릇이나 컵도 몇 개밖에 없었다. 부랴부랴 이케아에 가서 그릇과 수저를 샀고 무사히 떡국을 해 먹을 수 있었다.

배를 채우고 소파로 이동해 이야기를 나눴는데 회원들이 어딘지 조금 불편해하는 게 느껴졌다. 대체 이 분위기는 어디에서 비롯된 것일까. 예상보다 사람들이 적게 모여 이야깃거리가 딱히 없기도 했고, 지나치게 하얗고 정돈된 이 집이 낯설었을 수도 있다. 하지만 지금 생각하면 좀 더 근본적인 문제가 원인이었던 것 같다. 그들도 아마 무의식적으로 느끼지 않았을까. 이 집은 손님 같은 것은 전혀 받을 생각이 없는, 단 한 사람만을 위해 시간을 쌓아 온 공간이라는 것을. 분명 초대받았음에도 불청객이 된 기분이었으리라(고 짐작한다). 아무튼 그날의 분위기는 세 사람 사이에 엉거주춤하게 놓인 1인용 테이블처럼 어색했다.

더 이상 '어차피 인생은 혼자'라는 말을 믿지 않는 만큼, 집에도 변화가 필요하다는 생각이 들었다. 좀 더 많은 사람이 편하게 오고 갈 수 있는 공간이 되었으면 하는 바람으로 1인용 테이블을 처분하고 무인양품의 4인용 원목 테이블을 들였다. 이미 싱크대 앞에 원형 테이블이 있는 데다 침실에도 큰 작업 테이블이 있어서 집이 좁아 보이지 않을까 조금 걱정도 됐는데, 괜한 걱정이었다. 소파의 위치를 서로 마주 보는 방향으로 배치하니 시야가 트여서 오히려 집이 넓어 보였다.

이후 우리 집을 찾은 친구들의 동선과 자세가 훨씬 편해진 게 눈에 보였다. 다들 이 테이블은 어디서 샀냐며 맘에 들어 한다. (내 브이로그를 보는 사람들이 가장 많이 하는 질문 중 하나도 '테이블이 어디 것인가요?'이다.) 가장 좋은 점은 맛있는 음식들을 펼쳐 놓고 여럿이서 먹기 딱이라는 점이다. 햇빛도 잘 들고 창밖의 풍경을 감상하며 먹으니 어쩐지 더 맛있는 것 같기도 하다. 아무튼 이 테이블을 산 것은 여러모로 괜찮은 선택이었다. 찬밥 신세가 된 원형 테이블엔 미안하게 됐지만.

'테이블' 하면 가장 먼저 떠오르는 만화가 있다. 스물한 살 동갑내기에 이름까지 똑같은 두 여자의 이야기를 그린 《나나》라는 만화다. 오사키 나나와 고마츠 나나(별명은 '하치')는 도쿄의 한 빌라에 함께 살게 되면서 커다란 테이블을 들이는데, 그 후 이 테이블은 그들의 집에서 아주 중요한 역할을 한다. 밴드의 보컬이었던 나나가 하치를 위해 공연을 하는 무대가 되기도 하고, 나나의 밴드 멤버들이 하치와 함께 뒤풀이하는 자리가 되기도 한다. 각방을 쓰는 나나와 하치가 가장 많은 시간을 공유한 곳도 바로 이 테이블이다. 사람과 사람을 연결하는 역할을 하는 것이다. 《나나》 1권과 2권의 표지에 이 테이블이 등장하는 것은 그만큼 의미가 깊기 때문이라고 짐작해 본다.

오랜만에 《나나》를 꺼내 보면서 나의 테이블도 이런 공간이 되었으면 좋겠다고 생각했다. 물론 친구들이 떠나간 뒤 북적였던 집이 고요해지면 불쑥 찾아오는 공허함은 여전하다. 하지만 이제는 다양한 사람들과 마주하며 살아가야 한다는 걸 알게 됐으니, 내가 느끼는 감정 또한 단조롭지 않기를 바란다. 안정감만큼 공허함 또한 내 삶이 더 나아질 수 있는 자원이 될 것이라 믿는다.

혼자 사는데 아프면 어떡하지

웅웅—.

평소와 같았던 어느 날 오후, 책상 위의 핸드폰이 울렸다. 검은 화면에 '아빠'라고 떴다. 그날따라 이상하게 전화를 받고 싶지 않았다. 하지만 받지 않으면 안 될 것만 같았다. 여보세요, 전화를 받자 아빠가 조심스레 말했다.

"놀라지 말고 들어라. 너희 엄마 위암이란다. 큰 병원에 가봐야 할 것 같다."

그 전화 이후, 우리 가족의 일상은 많이 달라졌다. 아빠는 곧장 사표를 내고 엄마의 간병에 모든 시간을 쏟았다. 제대로 된 요리라곤 생전 해본 적도 없었던 아빠가 온갖 조리 도구와 재료를 사들이고 암 환자용 식사를 만들겠다며 고군분투했다.

"민정아, 그래도 결혼은 해야 하지 않겠나."

'집 있는 여자는 혼자 살아도 된다'라며 나를 지지했던 엄마였다. 그런데 아빠의 돌봄 없이는 살아갈 수 없게 되자, 앞으로 혼자 살아갈 내가 걱정됐는지 수시로 결혼 이야기를 꺼냈다. 엄마가 걱정하지 않도록 빈말이라도 할 만한데, 결혼 생각은 없다며 고개를 저었다. 그만큼 내 소신이 뚜렷했기 때문이 아니다. 나는 엄마가 결혼을 해서 암에 걸린 게 아닐까, 하고 생각했기 때문이다. 엄마가 결혼을 해서, 그러다 나를 낳아서, 나를 키우느라 온갖 일을 해서, 그렇게 먹고사는 데만 신경 써서, 그런 엄마를 내가 너무 미워해서, 가슴이 너무 아파 제대로 먹을 수가 없어서, 그래서 위암이 찾아온 게 아닐까. 그런 의심 속에서 "그래, 한번 해볼게"라고 대답하는 건 쉽지 않은 일이었다.

원래는 비혼주의자였던 허지웅이 한 방송에서 암 투병 이후 자신의 생각이 바뀌었다고 말했다. 결혼도 하고 애도 낳고 싶어졌다고. 나도 큰 병을 앓게 되면 그렇게 생각이 변할까? 아플 때 가족이 주는 정서적 안정감은 그 무엇과도 비교할 수 없을 것이다. 엄마의 다리를 주무르다 그 자세 그대로 잠들어 버린 아빠의 얼굴이 떠올랐다. 이러다 아빠까지 어떻게 되는 건 아닐까 진심으로 염려했다. 아빠가 엄마의 간병에 온 인생을 쏟아붓는 걸 보면서 돌봄의 짐을 오롯이 가족이 진다는 게 과연 옳은 일인지 자꾸만 되묻게 된다.

한편으로는 나도 내가 걱정이 된다. 혼자 사는데 아프면 어떡하지. 이런 고민은 좀 더 먼 미래의 일이라 생각했는데 지금 내 곁에 성큼 다가와 있다. 가족이 없다면 간병인이 필요하다. 그런데 그럴 여건이 되지 않는다면? 국가가 해줘야 한다. 혼자 살다가 아프다고 그냥 죽으란 법은 없으니까. 그런데… 국가가 과연 해줄까? 결혼을 안 하면 청약 당첨도 하늘의 별 따기인데 돌봄은 무슨.

엄마가 입원했던 요양원에 내 또래의 암 환자가 있었다. 결혼은 하지 않았고, 혼자 있을 때가 많았다고 한다. 거기엔 나름의 이유가 있을 것이다. 자신이 아프다는 걸 남에게 보이고 싶지 않다거나. 하지만 사람들은 결혼을 하지 않아서 그렇다고 결론을 냈다. 그리고 그 모습은 엄마와 엄마 또래 암 환자들의 가슴을 아프게 했다. 요양원을 나온 엄마는 또다시 "그래도 결혼을 해야 한다"라고 강조했다. 나는 결혼보다 그의 요양원 생활이 궁금해졌다.

"근데 간병인은 따로 없었나?"
"응. 계속 혼자 있더라고."
"혼자서? 힘들고 불편한 게 많았겠다."
"우리들이 딸처럼 챙겼지. 누가 몸에 좋은 거 가져오면 걔부터 나눠 주고, 뭘 하든 걔부터 챙겼다."

예상치 못한 대답이었다. 가족이라는 혈연의 방식, 간병인이라는 자본의 방식, 제도라는 국가의 방식 외에도 소소한 돌봄이 작동하고 있다는 것을 미처 깨닫지 못했다. 생각해 보니 정말 그랬다. 엄마가 입원했던 모든 병실에는 엄마를 돌봐 주는 다른 환자들이 있었다. 그리고 엄마도 다른 환자들을 수시로 돌봤다. 오지랖이 아닐까 싶을 정도로. "우리 나가서 꼭 다시 보자." "언니 포기하지 마세요." 서로 손을 꼭 잡고 격려하면서.

그런 것들을 떠올리면 불안한 마음이 아주 조금은 편안해진다. 물론 타인에게 전적으로 의지할 수도 없을 것이고, 가족의 역할과는 비교할 수도 없을 것이다. 고민은 아무것도 해결되지 않았다. 그럼에도 다짐하게 된다. 아파서 입원하게 되면 옆 사람을 유심히 살펴봐야겠다고. 내가 기꺼이 내밀 수 있는 도움의 손길은 살며시 뻗어 보겠다고.

엄마의 장례식

2019년 5월 29일

엄마가 꾸미지 않는 나를 보고 꼴이 그게 뭐냐고 했다. 누구네 집 딸은 3개월 만에 공무원 시험에 합격했다며 또 비교를 했다. 말이 되는 소리를 하라고 엄마한테 짜증을 내고 말았다. 왜 참지 못했을까.

2019년 8월 25일

길고 길었던 엄마의 암 치료가 끝났다. 기념으로 가족사진을 찍자고 졸랐다. 우리는 가족사진이 없다. 먹고살기 바쁘다 보니 그렇게 됐다. 처음으로 가족사진이 생겼다.

2019년 9월 14일

엄마가 다시 응급실에 실려 갔다. 계속 설사를 했다. 옷에도 설사가 묻었다. 아빠가 옷을 버리려 했지만 엄마는 딸이 사준 거라며 빨아 입을 거라고 고집을 부렸다.

2019년 10월 1일

암이 전이되었다고, 길어야 1년이라고 한다. 이상하다. 엄마는 조금 작아지고 힘이 없는 것뿐인데. 엄마한테 고양이 이야기를 해주니 웃었다. 남들과 똑같다. 그런데 길어야 1년이라니.

2020년 5월 23일

인생을 잘못 산 것 같다. 1년에 한 번, 건강검진 하나를 제대로 못 해줘서…. 엄마는 오랫동안 견디면서 살았다. 일을 견디고, 가정을 견디고, 나를 견디고. 더 견디길 바란다면 욕심일까.

“이제 임종이 얼마 안 남아 1인실로 옮기셔야 합니다.”

좁은 1인실에 친척들과 엄마의 친구들이 하나둘 모여들었다. 전혀 실감이 되질 않았다. 산소호흡기를 낀 채 누워 있는 엄마와 모니터를 번갈아 보았다. 몇 시간도 지나지 않아 맥박수가 급격히 떨어지기 시작했다. 숫자라는 것은 모호한 것을 직관적으로 인식하게 한다. 주체할 수 없는 울음이 터져 나왔다. 이제야 실감이 났다. 20까지 떨어졌던 맥박은 110까지 회복했다가 다시 곤두박질쳤다. 소리를 지르며 울었다. 유독 서늘했던 여름밤, 엄마는 그렇게 세상을 떠났다. 예고됐던 1년도 채우지 못하고.

○

장례식장에 도착한 후, 아빠와 동생은 지인들에게 부고 문자를 돌리기 시작했다. 나는 뭘 어떻게 해야 할지 몰랐다. 내 핸드폰에 저장된 수백 명의 사람들 중 누구에게 연락해야 하는 건지, 건조한 어투로 단체 문자를 보내는 게 맞는 건지. 우물쭈물하다가 평소 연락하는 몇몇 친구들에게만 문자를 보냈다.

가장 먼저 R 언니에게서 연락이 왔다. 처음 뉴스 작가를 시작했을 때의 선배다. 내가 한참 몸이 안 좋았을 때, 손수 만든 호박죽을 보온병에 담아 준 적이 있었다. 평생 누굴 챙긴 적 없는 나와 다르게 주위 사람을 잘 챙기는 사람이다. R 언니의 다정한 성격 덕분에 우리는 함께 여행도 가고, 지금껏 꾸준히 관계를 유지할 수 있었다. 핸드폰 너머의 언니는 울고 있었다. 타인에게 늘 무심한 나에게 이렇게 울어 줄 사람이 있다는 것이 너무 과분하다는 생각이 들었다.

다음 날 대학 친구인 J가 빈소로 왔다. 코로나19로 집에 있는 아이들을 봐야 해서 못 가서 미안하다고 했었는데. 남편이 반차를 쓰고 애를 보겠다고 했단다. 너의 오랜 친구니까 꼭 가보라며. 또 다른 대학 친구인 B가 보낸 부조금을 들고 왔다. B는 육아 휴직 후 복직한 지 얼마 되지 않아 도저히 시간을 낼 수가 없다면서 미안해했다. 나는 알고 있다. 예상치도 못하게 15년 넘게 인연을 이어 오고 있는 우리 셋이 서로에게 어떤 의미인지.

회사 사람 중에는 선배 Y에게만 부고를 알렸는데, 선배는 우리 팀 작가들을 이끌고 빈소를 찾았다. 열차 시간을 맞추느라 방송이 끝나자마자 서울역으로 달려가 각자 다른 칸을 타고 내려왔다고 한다. 007 작전을 방불케 하는 그들의 포항행에 웃음이 빵 터지고 말았다. 선배는 우리 프로그램에 출연하는 국회의원에게까지 연락을 했다. 나를 위해 할 수 있는 게 뭔지 찾다 보니 그렇게 됐다고 한다. 민주당 의원들의 근조기가 빈소 앞에 놓였다. 영문을 모르는 친척들은 엄마가 언제 정치 성향을 바꿨냐며 당황스러워했다. 또 한참을 웃었다.

나의 가장 친한 동네 친구 S는 엄마와 함께 찾아왔다. 우리가 너무 친했기에 엄마들도 친분이 있었다. 장례식이 시작된 후 한 번도 울지 않았는데 S를 보자마자 주저앉아 울고 말았다. 나와 엄마의 역사를 이 친구만큼 잘 아는 사람이 없으니까 마음이 와르르 무너졌던 것 같다. 같은 아파트 주민인 디오니소스 M은 늦은 밤 이곳에 도착했다. 피곤에 절어 있는 모습에 너무 미안했지만 야무지게 밥을 먹는 모습을 보니 조금 안심이 됐다. M은 내가 집을 비우는 동안 나의 고양이들을 돌보기까지 했다.

함께 일했던 프로그램의 선후배와 친구들, 몇 년이나 연락이 끊겼던 동창들, 현재 일하고 있는 프로그램의 제작진들, 언제나 나를 걱정하고 먼저 연락하는 친척들, 여러 일을 계기로 인연을 맺은 사람들. 이들의 얼굴 하나하나를 떠올리면서 진심으로 감사함을 느낀다. 여느 가수의 앨범 땡스투처럼 그들의 이름을 빼곡히 나열하게 된다. 장례식이라는 것은 참 아이러니하다. 이제 엄마는 내 곁에 없지만 나의 세계는 아주 조금 더 넓어진 것 같다.

장례식이 끝나고 한동안 떠나 있었던 나의 집으로 돌아왔다. 실컷 울었다고 생각했는데 또 눈물이 났다. 착실하게 살아 온 엄마가 그런 식으로 세상을 떠났다는 것을 이해할 수가 없었기에 흐르는 눈물일 뿐, 엄마와 나의 관계를 다시 생각해 본다거나 엄마를 애도할 엄두조차 나지 않았다. 도저히 감당할 수 없을 것 같다. 많은 딸들이 그렇겠지만 나 또한 엄마를 향한 감정을 '사랑' 하나만으로는 설명하기 어렵다. 엄마에 대한 모든 것들을 작은 상자 속에 담아 내 마음속 깊은 곳에 넣어 두었다. 아주 오랫동안 이걸 열 수 없을 것이란 예감이 든다. 먼 훗날 내가 이 상자를 열었을 때 나는 어떤 사람일까. 바라건대 지금보다 훨씬 단단한 마음을 가진 사람이었으면 좋겠다.

엄마의 퇴원 기념으로 가족사진을 찍었다.
첫 가족사진이었다.
그날 모습을 브이로그로 만들어 엄마에게 보내 주었다.
더 많은 영상을 만들어 주고 싶었는데 그게 마지막이 되었다.

고독사라는 헤드라인은 사양한다

"와! 시발, 와…."

평화로운 나의 집에서 웬만해선 욕을 하는 일은 없다. 그럼에도 이렇게 욕을 하게 된 사연은, 샤워를 하다 뒤로 미끄러져 머리를 바닥에 그대로 박을 뻔했기 때문이다. 사람이 너무 놀라면 입에서 욕이 나온다. 만약 크게 다쳐 쓰러지기라도 했다면? 심지어 우리 집엔 나를 발견해 응급처치를 해줄 사람이 아무도 없다. 다음 날 출근까지 못 하게 되면 회사 사람들이 뒤늦게라도 나를 찾을지 모른다. 그런데 내가 백수라면? 이렇게 끝없이 가정을 하다 보면 '고독사'까지 생각이 미치게 된다.

비혼에게 고독사란 피할 수 없는 운명인 양 이야기하는 사람들을 보면, 당신도 예외는 아니라고 말해 주고 싶다. 모든 사람에게 벌어질 수 있는 일인데도 유독 비혼에게만 '외롭게 고독사할 것'이라는 저주가 따라붙는 것이다. 우리가 뉴스로 가장 많이 접하는 고독사한 노인들은 전부 비혼이란 말인가. 그럴 리가. 혼자 사는 사람들의 불안감을 자극해 결혼에 이르도록 하기 위한 가부장제의 함정이 아닌지 의심스럽다. 하지만 혼자 있다가 아찔한 순간이 닥치는 날엔 고독사에 대해 생각하지 않을 수가 없다. 엄마가 돌아가신 후라 더더욱 그렇다.

페미니즘 독서 모임에서도 고독사 이야기가 나온 적이 있다. 머릿수만큼 다양한 의견이 나왔다. 단골 음식점을 만들어 매주 주문해 먹다가, 어느 시점부터 더 이상 시켜 먹지 않으면 음식점 주인이 생사를 확인할 것이란 의견. (실제로 미국의 한 피자 가게에서 8년 단골이 주문을 안 한다며 경찰에 신고해 집에 쓰러져 있던 사람을 살린 일이 있었다.) 곧 인공지능 로봇이 상용화되어서 주인의 건강 상태를 감지해 알아서 119에 신고할 것이란 의견. 요구르트를 배달받아 먹다가 문 앞에 요구르트가 쌓이면 배달원이 조치를 취할 것이란 의견. (고독사 예방 차원에서 요구르트 배달 사업을 하는 지자체도 있다.) 나는 목욕탕 정기권을 끊어서 매일 목욕탕을 가다가 갑자기 나오지 않으면 사람들이 신고해 줄 것이란 의견을 냈다. (《퇴사하겠습니다》를 읽고 얻은 아이디어다.)

하지만 역시 비혼인들끼리 뭉치든, 친구나 가족에게 의지하든, 늘 소통할 수 있는 인간관계를 통해 안전망을 만들어 가야 한다는 것, 이게 모범 답안이 아닐까 싶다. 그리고 그런 미래를 위해 나름의 노력을 기울이고 있다. 하지만 생각처럼 쉽지 않을지도 모른다. 음, 그렇다면 요구르트 배달을 통한 고독사 방지가 가장 괜찮지 않을까. 다만 지금은 요구르트 배달원들이 자원봉사 차원에서 동네 지킴이 역할을 하고 있다는데 어떤 식으로든 보수를 챙겨 주면 좋겠다는 생각이 든다.

한편으로는 '고독사란 무엇인가' 하는 근본적 질문을 하게 된다. 의미를 찾아보았다. '주변 사람들과 단절된 채 홀로 살다 고독한 죽음에 이르는 것'이라는 정의가 나온다. 홀로 죽는 모든 죽음을 고독하다고 표현해도 괜찮은 걸까. 나는 어떻게 죽음을 맞이할까. 엄마처럼 암에 걸릴 수도 있고, 운 좋게 편안한 죽음을 맞이할 수도 있다. 어느 날 혼자 점심을 먹다가 급성 심장마비로 쓰러져 깻잎에 얼굴을 박고 죽을지도 모른다. 악취가 난다는 주민의 신고로 3개월 뒤에 발견되는 건 아닐까. 언론이 나의 사망 소식을 다룬다면 '평생 비혼 외친 여성의 비참한 고독사, 3개월 뒤 이웃이 발견'이라는 식의 헤드라인이 되겠지. 세상이 나의 죽음을 어떻게 다룰지 눈앞에 선하다. 아, 나름대로 재밌게 살았는데 마지막에 좀 늦게 발견됐다고 내 삶을 한순간에 '비참한 고독사'라고 규정해 버리다니. 죽음이 닥치기 전에도 깻잎 반찬이 맛있다며 행복해했을지도 모르는데. 나의 죽음이 늦게 발견된다 해도 고독사라는 헤드라인은 사양하고 싶다. 좀 억지스럽다고 생각할지 모르지만 그냥 '늦게 발견사' 정도로 해줬으면 좋겠다.

고양이는 계속 두 마리인 것이 좋을까? 지금 내 가족은 누구일까?
'가족'에 대한 생각이 꼬리에 꼬리를 문다.

비혼에게도 가족계획이 필요하다

"너희는 아이 더 안 낳을 거야?"

"응. 한 명 이상은 너무 힘들 거 같아서. 너는?"

"남편은 딸 하나 더 있으면 좋겠다고 하네. 그래서 고민이야."

"우린 당분간 애 없이 살려고."

결혼한 친구들을 만나면 아이 이야기가 빠지지 않는다. 육아의 고충부터 엄마로서 느끼는 감정들, 그리고 가족계획에 이르기까지. 대화 속에는 지금 이들이 어떤 삶을 꿈꾸는지 고스란히 담겨 있다. 그에 비해서 내가 나의 가족에 대해 할 수 있는 이야기들은 조금 단조롭다.

“넌 정말 결혼 안 하게?”

“응.”

“고양이들은 잘 있고?”

“응. 개미는 여전히 작고 라쿤은 사람을 너무 좋아해.”

이런 대화를 나누고 집으로 돌아가는 길엔 생각이 많아진다. 지금 혼자 사는 것이 만족스럽긴 한데, 나중에 마음 맞는 친구랑 같이 살아 보는 건 또 어떨까. 함께 살 정도로 마음 맞는 친구를 만날 수 있을까. 고양이는 계속 두 마리인 것이 좋을까. 아빠는 혼자서 잘 지낼 수 있을까. 지금 내 가족은 누구일까…. ‘가족’에 대한 생각이 꼬리에 꼬리를 문다.

그러다 문득 비혼에게도 가족계획이 필요하다는 생각이 들었다. 아니, 비혼이기 때문에 가족계획이 필요하다. 우리는 제도 밖의 새로운 가족을 꾸려야 하니까. 세상이 가르쳐 주지 않은 길로 가야 하니까. 집과 돈이 있다는 것만으로는 절대 잘 살아갈 수 없다. 1인 가구 여성에게 가장 위험한 것은 불안한 주거권도 빈곤한 경제력도 아닌 사회적 고립이라고 자신 있게 말할 수 있다. 지속 가능한 비혼 생활을 위해서는 '혼자 살기'의 능력만 키우는 게 능사가 아니다. '함께 살기'에 대한 고민도 그만큼 중요하다. 비혼이라고 말하는 것이, 단순히 결혼하지 않겠다는 의사 표현이 아니라 하나의 연대 선언인 이유도 바로 여기에 있다.

도서관에 가면, 결혼한 이들이 행복하게 살아가는 방법에 대해 조언하는 책은 셀 수 없이 많다. 하지만 비혼에 관한 책은 손에 꼽을 정도다. 책도 없을 땐 정말 막막하다. 이 세상의 비혼들은 어떻게 먹고, 어떻게 돈을 모으고, 어떻게 인간관계를 이어 가는 걸까? 다행히 요즘엔 비혼에 관한 책이나 콘텐츠가 부쩍 늘어서 고맙고도 반갑지만, 그럼에도 여전히 롤모델은 턱없이 부족하다. 내 브이로그 댓글에도 비슷한 고충을 이야기하는 사람들이 많다. (이런 댓글을 보면 '역시 나만 그런 게 아니구나' 싶어서 큰 위안이 된다.)

"비혼 생활에 대해 이야기 나눌 사람이 없어서 답답해요."
"우리끼리 이야기할 수 있는 공간이 있으면 좋겠어요."

여성단체 기반의 비혼 모임은 오래전부터 있었고, 최근에는 지역을 기반으로 한 모임도 계속 생겨나고 있다. 정말 좋은 현상이다. 하지만 좀 더 편하고 쉽게 접근할 수 있는 대형 인터넷 커뮤니티가 있으면 좋겠다. 비혼을 디폴트로 두고 평범한 일상 이야기를 자연스럽게 나눌 수 있는 공간 말이다. 그러다 큰일이 있으면 한번 뭉치고. (현재 유명한 커뮤니티들이 이런 식으로 오랫동안 유지되고 있다.) 결혼정보업체처럼 비혼정보업체가 있다면 어떨까. 비혼 라이프 강의, 동네 비혼 친구 매칭, 비혼 운동 동호회, 비혼 재테크 스터디, 비혼 요리 클래스, 비혼 건강 체크 같은 것들을 알아서 척척 제공하는 업체가 있다면 살아가기가 훨씬 수월할 텐데.

그런 미래를 상상하며 가족계획을 짜기 위해 노트를 펼쳤다. 새하얀 노트를 보니 막막해진다. 해마다 다이어트

계획을 세상 철저하게 짰던 과거가 떠올랐다. 그 감각을 떠올리며 노트에 이런저런 것을 적었다. 나라는 점을 이어 선을 만든다는 생각으로 '느슨한 가족'의 범위를 최대한 확장해 봤다. 유튜브 구독자까지 포함했다. '또 하나의 가족' 삼성이 울고 갈 클라스다. 어쨌든 이 모든 관계들이 이 세상에 나 혼자가 아니라는 것을 느끼게 한다.

〈1인2묘 가구 5개년 가족계획〉

· 반려동물

두 마리만 잘 키우기, 더 많이 놀아주기.

· 친구들

먼저 연락하기, 자주 만나기.

아이 있는 친구들 - 비교적 자유로운 내가 이동하기.

운동 친구 만들기 - 클라이밍, 배구 동호회 등 참여.

동네 친구 만들기 - 지역 독서 모임, 지자체 프로그램 등 참여.

페미니스트 친구 만들기 - 오프라인 모임 등 수시로 체크.

· 혈연 가족

아빠 얼굴 한 달에 한 번 꼭 보기.

가족들과 석 달에 한 번 함께 식사하기.

· 그 외 소통 창구

유튜브 활동은 느리더라도 꾸준히 하기.

SNS나 블로그 등 활용하기.

물론 인생이란 것이 늘 계획대로 흘러가지 않는다. 평생 싸우면서 살겠구나 싶었던 엄마가 이제 내 곁에 없듯이. '페미니즘 세계관' 밖의 사람들이 든든한 버팀목이 돼주었듯이. 그럼에도 나는 꾸준히 계획을 세우고 수정해 나갈 생각이다. 가족계획이 필요하다고 알게 된 것만으로도 분명 내 삶은 확장하고 있음을 느끼기에. 고양시에서 고양이 두 마리와 사는 한 방송작가가 이런 말을 했다. 집이든 가족이든, 결국 얻고자 하는 자가 얻을 수 있다고.

비혼이기 때문에 가족계획이 필요하다.
우리는 제도 밖의 새로운 가족을 꾸려야 하니까.
세상이 가르쳐 주지 않은 길로 가야 하니까.

Epilogue

집이란 놀라운 공간이다. 나는 여기서 나의 세계가 얼마나 작아질 수 있는지, 또 얼마나 확장할 수 있는지 매일 경험하고 있다. 카페나 호텔처럼 집 밖에서 글을 쓰는 사람들도 많지만, 나는 역시 집이 좋아서 모든 에피소드를 집에서 썼다.

직업이 방송작가임에도 제대로 된 내 글을 써본 적이 없었다. 유튜브에 올린 '내 집 마련 분투기'가 처음으로 써본 내 글이었다. 그런 주제에 마음이 앞서 덜컥 에세이를 쓰겠다고 하다니, 참 무모했다.

하루 종일 책상 앞에 붙어 있어도 한 줄조차 쓰지 못할 때가 많았다. 엄마의 시간이 촉박해져 갈 땐 책이고 뭐고 다 놓아 버리고 싶기도 했다. 집에 박혀 나를 잃었던 나날들, 방송작가로 일하며 느낀 모멸감, 엄마의 투병과 죽음 등 떠올리고 싶지 않은 기억들을 끊임없이 소환해 재구성하는 일은 무척이나 괴로웠다. 하지만 글을 쓰는 과정에서 그런 괴로움을 털어 낸 것 같아서 지금은 아주 홀가분하다. 글쓰기 이후 집의 일상 역시 더욱 소중해진 것 같다.

"그래서, 집값은 좀 올랐어?"

요즘은 나보다 내 집의 안부를 궁금해하는 사람들이 많다. 그동안 내 집이 있다는 걸 숨기지 않았던 이유는 '나처럼 개뿔도 없는 인간도 집을 샀다'는 걸 보여 주기 위해서였다. 그래서 더 많은 여성이 집을 사길 바랐다. 하지만 요즘 같은 때에는 집 이야기, 특히 집값 이야기를 하기가 조심스러워진다. 사실 내 집도 오르긴 했지만 어떤 집들처럼 '억' 소리가 날 정도는 아니다. 3년 전 내가 오늘의 이 집을 산다고 해도 충분히 가능한 수준이다. 내 집값이 더 많이 올랐으면 하는 세속적 마음과 그래도 나의 이야기가 여전히 불가능한 것이 아님에 안도하는 모순적 마음이 교차한다. 이 책에는 '얻고자 하는 자가 얻을 수 있다'는 문장이 나온다. 이 말이 허황된 자기 암시가 아니라 자기만의 방을 향한 투쟁 선언으로 받아들여졌으면 좋겠다. 어떤 상황에서도 우리에게는 집이 필요하니까. 틈을 비집고 들어가는 수밖에.

원고가 막바지로 접어들던 무렵, 한 대학생으로부터 졸업 작품과 관련한 인터뷰 요청을 받았다. 비혼 여성의 삶에 대해 전시하는 프로젝트를 준비 중인데 나의 이야기를 담고 싶다고 했다. 원고를 마무리하느라 정신없었지만 시간을 쪼개고 쪼개서 참여했다. 꼭 대답하고 싶은 질문이 있었기 때문이다.

'미래에 꿈꾸는 집은 무엇인가요?'

마침표를 찍은 줄만 알았던 집을 향한 꿈이 다시 피어올랐다. 미래의 내 집은 지금보다 조금 더 넓고, 나만의 느슨한 가족이 자주 찾는 공간이면 좋겠다.

1인2묘 가구 도서 베스트

짧은 독서 경력이지만, 그 짧은 기간에도 정말 많은 책의 도움을 받았다. 각 에피소드와 관련해 추천하고 싶은 책을 딱 한 권씩 골라 정리해 보았다.

피, 땀, 월급

《시간은 어떻게 돈이 되었는가?》, 류동민 지음, 2018, 휴머니스트

'시간은 돈이다'라는 익숙한 비유를 마르크스 경제학의 시각으로 풀어낸 책. 아무것도 안 하는 시간은 왜 낭비처럼 느껴지는지, 내 급여는 무슨 근거로 책정된 것인지, 출퇴근 시간은 왜 노동시간이 아닌지. 직장인으로서의 푸념이 아니라, 진지하게 이런 의문을 품고 산다면 한 번쯤 읽어 보길.

운명의 집을 찾아서

《쏘쿨의 수도권 꼬마 아파트 천기누설》, 쏘쿨 지음, 2016, 국일증권경제연구소

부동산을 처음 공부할 당시엔 '갭투자'를 알려 주는 책들이 대부분이었다. 그 틈바구니에서 발견한 소중한 책. 부동산 초보자로서 알아야 할 것들과 내 집 마련의 노하우가 알기 쉽게 정리되어 있다. 단, 2016년에 나온 책이기 때문에 아파트 가격 등 몇 가지 정보는 지금과 차이가 있다는 것을 감안하고 읽어야 한다.

14년 세입자의 한풀이 리모델링

《홈드레싱으로 월세부자 되기》, 이민혜 지음, 2016, 매일경제신문사

세놓을 집의 인테리어를 멋지게 꾸며서 월세 수익을 높여 보자는 취지의 책이지만, 적은 예산으로 효과적인 리모델링을 하고 싶어 하는 사람에게도 유용하다. 최신의 인테리어 유행과는 시차가 있지만 기본에 충실한 책이라 여전히 참고할 만하다. 우리 집 인테리어도 대부분 이 책의 내용을 참고했다.

집만 있으면 다 될 줄 알았지

《자유로부터의 도피》(개정판), 에리히 프롬 지음, 김석희 옮김, 2020, 휴머니스트

그 좋은 자유로부터 도피할 일이 뭐가 있나 싶어 읽었더니, 내가 바로 그 도피자였다. 스스로를 자유롭게 사유하는 인간이라 생각했건만 사실 나는 내 자유를 권위에 의탁하고 프로그래밍이 된 인간처럼 살았던 것이다! 진정한 자유가 무엇인지 알고 싶은 이들에게 추천. 파시즘이 득세하던 시기의 근대인들을 분석한 책이지만 현대인들에게도 매우 유효한 고전.

나의 집, 나의 시간

《길 잃기 안내서》, 리베카 솔닛 지음, 김명남 옮김, 2018, 반비

가끔 자신의 의지로 길을 잃어야 할 때가 있다. 하지만 길을 잃는다는 것은 언제나 두렵다. 그런 두려움에 매몰되어 있던 나에게 용기를 불어넣어 준 책. 저자만의 무한한 사유 방식은 감탄을 넘어 경이로울 정도다. 그가 이런 글을 쓰기 위해 도대체 얼마나 길을 잃고 찾았을까. 내 '인생 책' 중 하나.

하마터면 훈녀처럼 살 뻔했다

《다이어트의 성정치》, 한서설아 지음, 2000, 책세상

다이어트라는 이데올로기가 외모 억압의 차원을 넘어 어떻게 여성의 '정체성'까지 조율하게 되었는지 파헤친 책. 남자도 다이어트를 한다, 건강을 위해 다이어트를 해야 한다는 말 속의 함정도 가뿐하게 간파한다. 날카로운 분석도 인상적이지만, 페미니스트임에도 자신의 몸을 혐오해야 했던 자기 고백엔 눈물이 핑 돌았다. 이 책 덕분에 다이어트의 굴레에서 조금은 자유로워진 것 같다.

월세도 안 내는 옷에게 방을 내주다니

《선택이라는 이데올로기》, 레나타 살레츨 지음, 박광호 옮김, 2014, 후마니타스

이 책의 저자는 선택이란 자본주의의 이데올로기이며 미니멀리즘 역시 선택 이데올로기의 다른 모습일 뿐이라고 맹렬히 비판한다. '아니, 그렇다고 선택을 안 하고 살 순 없지 않느냐'며 화를 내는 나에게 '전복적 선택'을 해보라는 힌트를 주었다. 그렇다. 나는 아침마다 어떤 립스틱을 바를 것인지 '선택'할 수도 있지만, 화장을 안 할 것이라 '선택'할 수도 있다. 그리고 후자의 선택은 내 정체성을 바꾸는 일, 세상을 바꾸기 위한 작은 운동이 될 수도 있다.

혼자 사는데 아프면 어떡하지

《아파도 미안하지 않습니다》, 조한진희 지음, 2019, 동녘

우리는 아플 때 남들에게 미안해진다. 회사 동료들에게, 부모님에게, 때로는 스스로에게. 하지만 이 책은 왜 아파도 미안하지 않다고 당당하게 말하는 걸까. 책을 읽으면서 제목에 대한 의문이 풀렸다. 그는 건강할 권리보다 '잘 아플 권리'를 주장하며 '아픈 몸'에 대한 새로운 시각을 제시하고 있기 때문이다. 저자와 같은 1인 가구 페미니스트로서, 오랫동안 두통에 시달렸던 사람으로서 참 많이 공감이 되고 도움을 받았다.

엄마의 장례식

《죽음을 배우는 시간》, 김현아 지음, 2020, 창비

왜 엄마는 몸에 수많은 관을 달고 고통스럽게 생의 마지막을 보내야 했을까. 엄마의 죽음을 지켜보면서 늘 떠나지 않았던 의문이다. 내가 죽음이라는 것을 피하지 않고 마주했더라면, 그리고 담담하게 준비했더라면 엄마가 더 편하게 눈을 감을 수 있지 않았을까. 언제나 아쉬움이 남는다. 앞으로 다가올 죽음을 슬기롭게 마주하기 위해 읽은 책.

KI신서 9473
결혼은 모르겠고 내 집은 있습니다

1판 1쇄 인쇄 2020년 11월 30일
1판 2쇄 발행 2021년 1월 13일

지은이 김민정
펴낸이 김영곤
펴낸곳 (주)북이십일 21세기북스

출판사업본부장 정지은 **뉴미디어사업2팀장** 이보람
디자인 형태와내용사이 **교정** 임재희
마케팅팀 배상현 김윤희 이현진 김신우 **영업팀** 김수현 최명열
제작팀 이영민 권경민

출판등록 2000년 5월 6일 제406-2003-061호
주소 (10881) 경기도 파주시 회동길 201(문발동)
대표전화 031-955-2100 **팩스** 031-955-2151 **이메일** book21@book21.co.kr

ISBN 978-89-509-9316-0 03810